भारतीय व्यंजन श्रृंखला

दालें और कढ़ियां

(पुलाव सहित)

लेखिका
सुधा माथुर
व्यंजन विशेषज्ञा

पुस्तक महल®

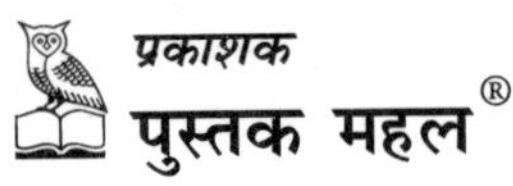

प्रकाशक
पुस्तक महल®

J-3/16, दरियागंज, नई दिल्ली-110002
☎ 23276539, 23272783, 23272784 • फैक्स: 011-23260518
E-mail: info@pustakmahal.com • *Website:* www.pustakmahal.com

विक्रय केन्द्र
•10-बी, नेताजी सुभाष मार्ग, दरियागंज, नई दिल्ली-110002
☎ 23268292, 23268293, 23279900 • फैक्स: 011-23280567
E-mail: rapidexdelhi@indiatimes.com
•हिन्द पुस्तक भवन
6686, खारी बावली, दिल्ली-110006, ☎ 23944314 • 23911979

शाखाएं
बंगलुरू: ☎ 080-2234025 • टेलीफैक्स: 080-22240209
E-mail: pustak@sancharnet.in • pustak@airtelmail.in
मुंबई: ☎ 022-22010941, 022-22053387
E-mail: rapidex@bom5.vsnl.net.in
पटना: ☎ 0612-3294193 • टेलीफैक्स: 0612-2302719
E-mail: rapidexptn@rediffmail.com
हैदराबाद: टेलीफैक्स: 040-24737290
E-mail: pustakmahalhyd@yahoo.co.in

ISBN 978-81-223-0482-4

संस्करण: 2012

मुद्रक: सुपर फाईन बुक प्रिंटिंग एण्ड बाइडिंग वर्क्स (यू०पी०)

दो शब्द

भारतीय व्यंजन श्रृंखला के अंतर्गत यह मेरी चौथी व्यंजन पुस्तक है। इससे पूर्व की पुस्तकों में जहाँ मैंने पेय पदार्थों, नाश्तों, डिजर्ट आदि में विविधता लाने का प्रयास किया है, वहीं अपनी इस पुस्तक 'दालें और कढ़ियां (पुलाव सहित)' में भोजन के महत्त्वपूर्ण अंगों में विविधता खोजी है।

प्रत्येक भारतीय घर में प्रतिदिन किसी न किसी रूप में दालें, कढ़ियां, चावल तथा पुलाव आदि का समावेश किया जाता है। हमारे देश में विभिन्न मौसमों में भिन्न-भिन्न प्रकार की सब्जियों व फलों की पैदावार होती है। 'दालें और कढ़ियां (पुलाव सहित)' में विभिन्न सब्जियों और फलों का इस्तेमाल करके नए प्रयास किए गए हैं तथा विभिन्न मसालों की अलग-अलग छौंक लगाकर स्वाद में भिन्नता लाई गई है।

आजकल, प्राय: ऐसा देखने में आता है कि किशोरियां जो पहले समय में भोजन पकाना अपनी माँ व दादी से सीखती थीं, आजकल इस गुण को उनसे नहीं ग्रहण करतीं। ऐसी किशोरियों व होस्टल में रही युवतियों को इस पुस्तक से भोजन बनाने में अत्यन्त सुविधा रहेगी। इसके अतिरिक्त कुछ नया व विशेष की चाह रखने वाली पाठिकाओं को भी इस पुस्तक से कुछ नया अवश्य ही मिलेगा।

पहली पुस्तकों की तरह से ही इस पुस्तक में भी तौल की सरल प्रणाली तथा सरल भाषा का ही प्रयोग किया गया है।

पाक कला में रुचि रखने वालों को यह पुस्तक अवश्य पसंद आएगी – ऐसी उम्मीद करती हूँ। फिर भी, पुस्तक के संबंध में आप के सुझावों का सदैव स्वागत है।

सुधा माथुर

सूची

दाल

पनीरी चना दाल

विधि:

1. प्याज के बारीक चौकोर टुकड़े काट लें व लहसुन पीस लें।
2. दाल को साफ करके भिगो दें।
3. घी गर्म करें व पनीर के टुकड़ों को गुलाबी तलकर पानी में डालते जाएं।
4. दाल, नमक, लाल मिर्च, हल्दी व पानी समेत पनीर डालकर दाल पका लें।
5. शेष बचे घी में प्याज व लहसुन गुलाबी करें।
6. तैयार दाल उसमें डालकर मिलाएं तथा लगभग 5 मिनट तक पकाएं। फिर हरा धनिया बुरककर रोटी के साथ खाएं।

सामग्री:

चना दाल : 1 कटोरी
छोटे टुकड़ों में कटा पनीर : 1 कटोरी
प्याज : 1 (बड़ा)
लहसुन : 1 फली
नमक : तीन चौथाई छोटा चम्मच
हल्दी : एक चौथाई छोटा चम्मच
लाल मिर्च : एक चौथाई छोटा चम्मच
शुद्ध घी : डेढ़ बड़ा चम्मच

पौष्टिक चना दाल

विधि:

1. चना दाल को साफ करके 3-4 बार पानी से धो लें। फिर भीगने के लिए रख दें।
2. भीगी दाल, नमक, मिर्च, हल्दी तथा 3 कटोरी पानी डालकर दाल पकाएं।
3. अलग बर्तन में गर्म घी में हींग तथा जीरा चटकाएं। फिर गली दाल डालकर चलाएं।
4. लगभग 5 मिनट तक और पकाएं। फिर ऊपर से थोड़ा और घी डालकर रोटी के साथ गर्म-गर्म दाल परोसें। उसमें नीबू का रस डालकर खाएं।

सामग्री:

चना दाल : 2 कटोरी
नमक : तीन चौथाई छोटा चम्मच
हल्दी : एक चौथाई छोटा चम्मच
लाल मिर्च : एक चौथाई छोटा चम्मच
शुद्ध घी : 1 बड़ा चम्मच
नीबू : 1
हींग : चुटकीभर
जीरा : चुटकीभर

लौकी-चने की दाल

सामग्री:

लौकी के छोटे टुकड़े	*: 2 कटोरी*
शुद्ध घी	*: 1 बड़ा चम्मच*
चना दाल	*: 2 कटोरी*
नमक	*: तीन चौथाई छोटा चम्मच*
हल्दी	*: एक चौथाई छोटा चम्मच*
लाल मिर्च	*: एक चौथाई छोटा चम्मच*
जीरा	*: एक चौथाई छोटा चम्मच*
नीबू	*: 1*

विधि:

1. दाल साफ करके लगभग 1 घंटे तक भिगोए रखें।
2. नमक डालकर दाल व पानी उबाल लें।
3. घी गर्म करें। उसमें जीरा डालकर चटकाएं।
4. लाल मिर्च व हल्दी डालकर भूनें तथा लौकी डालकर उल्टें-पुल्टें।
5. उबली दाल उसमें उलट दें व चलाकर 5 से 7 मिनट तक फिर पकाएं।
6. गर्म-गर्म रोटी के साथ परोसें व नीबू का रस डालकर खाएं।

चना दाल-पालक पनीरी

सामग्री:

चना दाल	*: 1 कटोरी*
पिसा पालक	*: 2 कटोरी*
पनीर के छोटे चौकोर टुकड़े	*: 1 कटोरी*
नमक	*: 1 छोटा चम्मच*
हल्दी	*: आधा छोटा चम्मच*
लाल मिर्च	*: तीन चौथाई छोटा चम्मच*
प्याज	*: 1*
हींग	*: चुटकीभर*
घी	*: डेढ़ बड़ा चम्मच*
नीबू का रस	*: 1 छोटा चम्मच*

विधि:

1. घी गर्म करें व पनीर के टुकड़े तलकर पानी में डालते जाएं।
2. भीगी साफ दाल, पिसा पालक, मसाले, पानी समेत पनीर तथा हींग डालकर दाल गला लें।
3. घी गर्म करें। प्याज काटकर उसमें गुलाबी तल लें व मंद आंच पर उबलती दाल में छौंक लगाएं।
4. उसमें नीबू का रस डालें और रोटी या नान के साथ परोसें।

खट्टी-मीठी चना दाल

विधि:

1. भीगी दाल, कटे बैगन, पानी, नमक, मिर्च व हल्दी डालकर दाल को उबाल लें।
2. ढक्कन खोलकर आंच मंद ही रखें।
3. चीनी तथा नीबू का रस डालें।
4. घी गर्म करें। फिर हींग, जीरे तथा लहसुन को उसमें तड़काएं और दाल को छौंकें।
5. उबलती दाल में बारीक कटा हरा धनिया डालें। फिर इसे गर्मागर्म परोसकर चावल व रोटी के साथ खाएं।

सामग्री:

चना दाल : 1 कटोरी
छोटे टुकड़ों में कटा बैगन : 1 कटोरी
पानी : 4 कटोरी
चीनी : डेढ़ छोटा चम्मच
नमक : 1 छोटा चम्मच
लाल मिर्च : आधा छोटा चम्मच
हल्दी : एक चौथाई छोटा चम्मच
नीबू का रस : 1 बड़ा चम्मच
बारीक कटा हरा धनिया : 1 बड़ा चम्मच
शुद्ध घी : 1 बड़ा चम्मच
हींग : एक चौथाई छोटा चम्मच
जीरा : एक चौथाई छोटा चम्मच
लहसुन : 2 फलियां

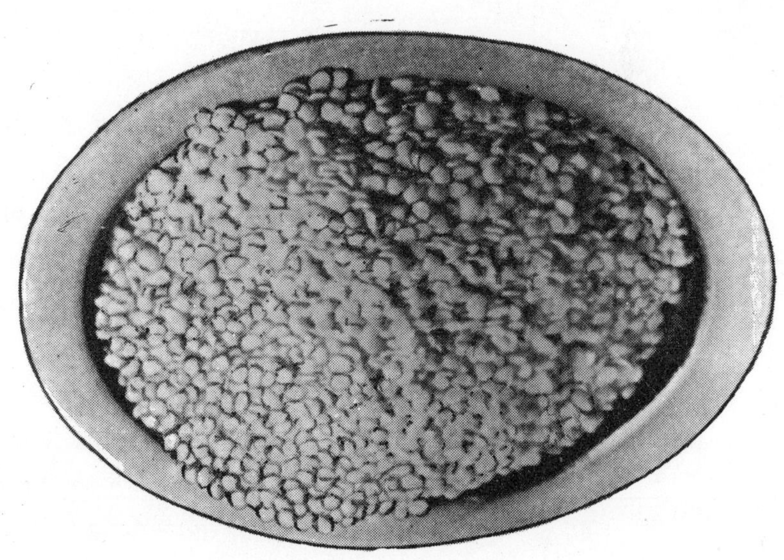

शाही उड़द-चना

सामग्री:

उड़द धुली	*: 1 कटोरी*
चना दाल	*: 1 कटोरी*
नमक	*: तीन चौथाई छोटा चम्मच*
हल्दी	*: एक चौथाई छोटा चम्मच*
लाल मिर्च	*: आधा छोटा चम्मच*
अदरक	*: एक इंच का टुकड़ा*
सूखी लाल मिर्च	*: 1 (बड़ी)*
हींग	*: चुटकीभर*
शुद्ध घी	*: 1 बड़ा चम्मच*
तले हुए बादाम	*: 7-8*
पानी	*: 5 कटोरी*

विधि:

1. दोनों दालों को धोकर पानी में फुला लें।
2. कुकर या पतीले में भीगी दालें, नमक, लाल मिर्च, हल्दी, पानी तथा कसा हुआ अदरक डालें और पकाएं।
3. घी गर्म करें व लाल मिर्च तथा हींग तड़काकर दाल को छौंक दें।
4. तले बादाम डालें। फिर तंदूरी रोटी के साथ परोसें।

राजमा-उड़द

सामग्री:

उड़द साबूत	*: 1 कटोरी*
राजमा	*: 1 कटोरी*
प्याज	*: 1 (बड़ा)*
टमाटर	*: 1 (बड़ा)*
अदरक	*: 1 इंच का टुकड़ा*
हरी मिर्च	*: 3*
शुद्ध घी	*: 1 बड़ा चम्मच*
बारीक कटा हरा धनिया	*: 1 बड़ा चम्मच*
नमक	*: 1 छोटा चम्मच*
लाल मिर्च	*: आधा छोटा चम्मच*
हींग	*: चुटकीभर*

विधि:

1. राजमा तथा उड़द साबूत-दोनों को साफ करके रातभर पानी में भिगोए रखें।
2. सवेरे उसी पानी में नमक डालें। फिर दोनों को उबालकर गला लें। हींग साथ ही डालें।
3. बारीक कटे प्याज को गर्म घी में गुलाबी होने तक तलें।
4. हल्दी व लाल मिर्च डालें तथा चौथाई कटोरी पानी डालकर पकने दें।
5. बारीक कटा टमाटर तथा कसा अदरक भी डालें।
6. इसमें राजमा, उड़द तथा बारीक कटी हरी मिर्च डालकर अच्छी तरह से मिलाएं। फिर हरा धनिया बुरककर नान या रोटी या चावल के साथ परोसें।

उड़द धुली

सामग्री:

उड़द दाल	: 2 कटोरी
पानी	: 4 कटोरी
नमक	: तीन चौथाई छोटा चम्मच
लाल मिर्च	: आधा छोटा चम्मच
हल्दी	: एक चौथाई छोटा चम्मच
सूखी लाल मिर्च	: 1 (बड़ी)
हींग	: चुटकीभर
लौंग	: 2-3
घी	: 1 बड़ा चम्मच
अदरक	: 1 इंच का टुकड़ा
हरी मिर्च	: 2-3

विधि:

1. दाल साफ करें व पानी से धोकर भिगोने के लिए रखें।
2. आधा बड़ा चम्मच घी गर्म करें। उसमें लौंग चटकाएं। फिर भीगी दाल को छौंकें।
3. नमक, हल्दी, लाल मिर्च तथा पानी डालकर खिली हुई दाल पकाएं।
4. शेष घी गर्म करें। उसमें सूखी लाल मिर्च व हींग डालकर पूरी दाल को दुबारा छौंक दें। इस दाल में दाने अलग-अलग होंगे।
5. बारीक कद्दूकस किए अदरक तथा बारीक कटी हरी मिर्च को दाल पर बुरकें व हाथ वाली मोटी रोटी और धनिए की खट्टी चटनी के साथ खाएं।

उड़द साबूत

सामग्री:

साबूत उड़द	: 2 कटोरी
प्याज	: 1 (बड़ा)
अदरक	: 1 इंच का टुकड़ा
टमाटर	: 1 (बड़ा)
हरी मिर्च	: 3-4
शुद्ध घी	: 1 बड़ा चम्मच
नमक	: तीन चौथाई छोटा चम्मच
लाल मिर्च	: आधा छोटा चम्मच
हल्दी	: एक चौथाई छोटा चम्मच
हींग	: चुटकीभर

विधि:

1. दाल धोकर भिगो दें। लगभग 4 घंटे के बाद उसे कुकर या पतीली में अदरक, नमक, लाल मिर्च, हल्दी तथा पानी के साथ उबालें।
2. आंच मंद करें व 20 से 25 मिनट तक उसी आंच पर दाल को सौंधाएं।
3. घी गर्म करें। चौकोर बारीक कटे प्याज को उसमें गुलाबी करें। हींग व बारीक कटा टमाटर व बारीक कटी हरी मिर्च डालें तथा पूरी छौंक दाल में डालकर 5 मिनट तक और पकाएं।
4. ऊंपर से घी डालकर हाथ वाली मोटी रोटी या तंदूरी रोटी के साथ खाएं।

दाल मक्खनी (उड़द)

सामग्री:

उड़द साबूत	:	*1 कटोरी*
मक्खन	:	*आधा प्याला*
प्याज	:	*1 (बड़ा)*
टमाटर	:	*1 (बड़ा)*
लहसुन	:	*2-3 फलियां*
शुद्ध घी	:	*1 बड़ा चम्मच*
नमक	:	*तीन चौथाई छोटा चम्मच*
हल्दी	:	*एक चौथाई छोटा चम्मच*
लाल मिर्च	:	*आधा छोटा चम्मच*
बारीक चौकोर कटा अदरक	:	*1 बड़ा चम्मच*

विधि:

1. रात में उड़द को साफ करके पानी में भिगोने के लिए डाल दें।
2. सवेरे अदरक, लहसुन तथा नमक डालकर उबाल लें व गला लें।
3. प्याज व टमाटर के छोटे-छोटे अलग-अलग टुकड़े काट लें।
4. घी गर्म करें। उसमें प्याज को गुलाबी तल लें। उसी में कटे टमाटर डालें तथा थोड़ी देर चलाएं।
5. उबले उड़द उसमें डालकर छौंकें तथा 5 मिनट तक और पकाएं।
6. उसमें मक्खन डालें। फिर उबलती उड़द को और 5 मिनट तक पकाएं। उसके बाद तैयार उड़द तथा तंदूरी को धनिए की चटनी साथ खाएं।

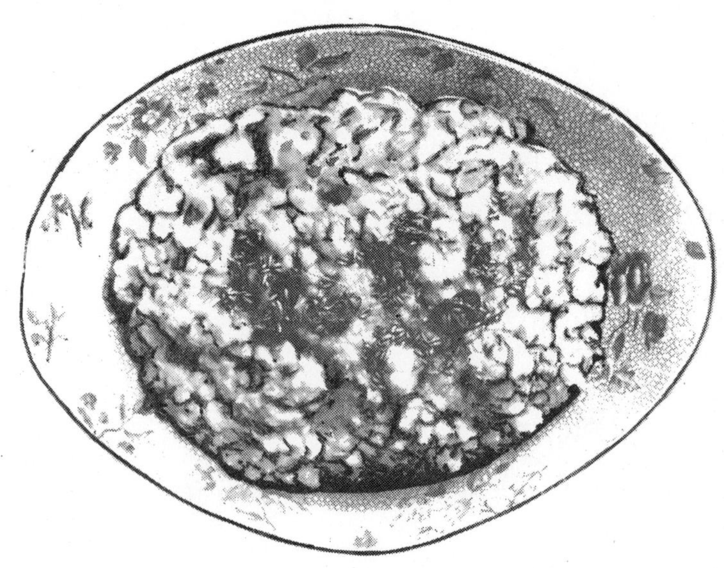

उड़द छिलका

सामग्री:

उड़द छिलका	*: 1 कटोरी*
नमक	*: 1 छोटा चम्मच*
हल्दी	*: आधा छोटा चम्मच*
लाल मिर्च पाउडर	*: आधा छोटा चम्मच*
सूखी लाल मिर्च	*: 2*
साबूत धनिया	*: 1 छोटा चम्मच*
पानी	*: 4 कटोरी*
घी	*: 1 छोटा चम्मच*
हींग	*: चुटकीभर*

विधि:

1. दाल साफ करके अच्छी तरह धो लें।
2. कुकर में दाल, नमक, लाल मिर्च पाउडर, हल्दी तथा 4 कटोरी पानी डाल दें।
3. कुकर का ढक्कन बंद करके आंच पर चढ़ा दें।
4. 20 मिनट तक प्रेशर दें।
5. ठंडा होने पर खोलकर देखें। अगर दाल घुट गई हो, तो उतार लें, अन्यथा दुबारा ढक्कन लगाकर 10 मिनट तक और प्रेशर दें।
6. बड़े चम्मच में घी गर्म करें। उसमें हींग, धनिया व सूखी लाल मिर्च डालकर भूनें।
7. इस बघार को तैयार दाल में छोड़ दें। स्वादिष्ट उड़द छिलका तैयार है।

खिली उड़द-मेथी

सामग्री:

उड़द छिलका	*: 1 कटोरी*
बारीक कटी मेथी	*: 250 ग्राम*
नमक	*: तीन चौथाई छोटा चम्मच*
लाल मिर्च	*: आधा छोटा चम्मच*
हल्दी	*: एक चौथाई छोटा चम्मच*
शुद्ध घी	*: आधा बड़ा चम्मच*
पानी	*: आधी कटोरी*
हींग	*: चुटकीभर*
सूखी लाल मिर्च	*: 1*

विधि:

1. मेथी को साफ करें। फिर धोकर बारीक काट लें।
2. दाल को धोकर पानी में लगभग 1 घंटे तक भिगोए रखें।
3. कुकर में भीगी दाल, कटी मेथी, नमक, हींग, लाल मिर्च व हल्दी डालें।
4. आधी कटोरी पानी डालकर उबालें व मंद आंच पर पकाकर पानी एकदम सुखा लें।
5. गर्म घी में सूखी लाल मिर्च कड़काएं और तैयार सूखी दाल को उससे छौंक दें।

नोट: इस उड़द-मेथी को आप पहले छौंककर भी तैयार कर सकते हैं।

सोंठदार उड़द दाल

सामग्री:

धुली उड़द : 2 कटोरी
मध्यम आकार का प्याज : 1
नमक : तीन चौथाई छोटा चम्मच
लाल मिर्च : आधा छोटा चम्मच
हल्दी : एक चौथाई छोटा चम्मच
सूखी लाल मिर्च : 1
शुद्ध घी : 1 बड़ा चम्मच
पिसी हुई सोंठ : 1 छोटा चम्मच
हींग : चुटकीभर

विधि:

1. दाल धोकर 1 घंटे तक भिगोए रखें।
2. भीगी दाल को दुबारा धोकर कुकर या पतीली में 4 कटोरी पानी के साथ डालें।
3. उसमें नमक, लाल मिर्च, हल्दी, हींग व सोंठ डालें तथा दाल गलने तक पकाएं।
4. घी गर्म करें। उसमें लाल मिर्च तड़काएं तथा लच्छे के रूप में प्याज काटकर गुलाबी होने तक तल लें।
5. तैयार दाल में कड़कती छौंक लगाएं। फिर उसे नीबू के अचार, हरी मिर्च व हाथ वाली मोटी रोटी के साथ खाएं।

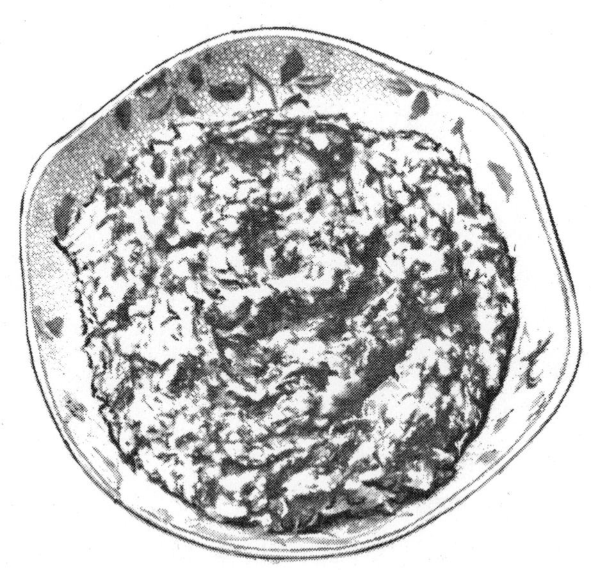

सब्जी अरहर

विधि:

1. दाल को साफ करके लगभग 1 घंटे तक पानी में भिगोए रखें।
2. बैगन, आलू, प्याज, टमाटर व हरी मिर्च को छोटे टुकड़ों में काट लें।
3. भिंडी को धो लें और बीच से चीरा लगाकर 2 भागों में कर दें।
4. कुकर अथवा पतीले में दाल, नमक, मिर्च, हल्दी तथा 6 कटोरी पानी डालकर दाल उबाल लें।
5. अब ढक्कन हटाकर कटी सब्जी डालें और खुला पका लें। सब्जियों को पूरा मत गलाएं।
6. घी गर्म करें। उसमें सरसों दाना व करी पत्ता डालकर तड़काएं व छौंक तैयार करें।
7. उबलती दाल में छौंक डालें तथा इमली का पानी डालें। फिर इस तैयार सब्जी अरहर को चांवल के साथ परोसें।

सामग्री:

अरहर दाल : 2 कटोरी
बैगन : 1 (छोटा)
प्याज : 1 (बड़ा)
टमाटर : 2 (बड़े)
कटी लौकी : 1 प्याला
भिंडी : 4-5
हरी मिर्च : 2-3
उबला आलू : 1
इमली का पानी : आधा प्याला
नमक : डेढ़ छोटा चम्मच
हल्दी : आधा छोटा चम्मच
लाल मिर्च : तीन चौथाई छोटा चम्मच
सरसों दाना : एक चौथाई छोटा चम्मच
शुद्ध घी : 1 बड़ा चम्मच
करी पत्ता : 1 टहनी

मेवेदार राजसी अरहर दाल

विधि:

1. घी गर्म करें व मेवे को तलकर अलग रखें।
2. कुकर में भीगी दाल, मसाले व पानी डालकर दाल पका लें।
3. घी गर्म करें व बारीक कटा प्याज भूनकर गुलाबी करें।
4. उबली दाल छौंकें व तले मेवे डालकर दुबारा पकाएं।
5. मेवेदार दाल को इलायची से छौंकें। फिर चावल पर उसे डालकर खाएं।

सामग्री:

कटे मखाने : आधी कटोरी
खरबूजे के बीज, बादाम व काजू : आधी कटोरी
अरहर दाल : 1 कटोरी
नमक : आधा छोटा चम्मच
लाल मिर्च : एक चौथाई छोटा चम्मच
हल्दी : एक चौथाई छोटा चम्मच
शुद्ध घी : डेढ़ बड़ा चम्मच
प्याज : 1 (बड़ा)

कच्ची अमिया वाली अरहर दाल

सामग्री:

अरहर दाल	: 1 कटोरी
खट्टी कच्ची अमिया	: 2
पानी	: 4 कटोरी
नमक	: 1 छोटा चम्मच
लाल मिर्च	: आधा छोटा चम्मच
सूखी लाल मिर्च	: 2
हल्दी	: चुटकीभर
शुद्ध घी	: 1 बड़ा चम्मच
प्याज	: 1 (बड़ा)
हींग	: चुटकीभर
जीरा	: चुटकीभर

विधि:

1. कच्चे आम तथा प्याज को छीलकर बारीक टुकड़ों में काट लें।
2. प्याज व आम को 2 कटोरी पानी में अलग गला लें।
3. नमक डालकर दाल गला लें तथा ढक्कन खोलकर मंद आंच पर रखें। फिर आम व प्याज का मिश्रण डालकर पकाएं।
4. शुद्ध घी गर्म करें। उसमें सूखी मिर्च तड़काएं। फिर हींग व जीरा चटकाएं।
5. उसके बाद तैयार दाल को छौंकें। इसे चावल व रोटी के साथ खाएं।

अरहर गुड़दार

सामग्री:

अरहर दाल	: 2 कटोरी
घी	: ढाई बड़े चम्मच
गुड़	: आधी कटोरी
नीबू	: 2
हींग	: एक चौथाई छोटा चम्मच
हल्दी	: आधा छोटा चम्मच
नमक	: 1 छोटा चम्मच
हरी मिर्च	: 3-4
सूखी लाल मिर्च	: 1 (बड़ी)

विधि:

1. अरहर दाल को बीन-धोकर आधे घंटे के लिए पानी में भिगो दें।
2. भीगी दाल में नमक, हल्दी, हींग व कटा गुड़ डालें। फिर 6 कटोरी पानी डालकर गाढ़ा होने तक पकाएं।
3. गर्म घी में लाल मिर्च तड़काएं व पूरी दाल छौंक दें।
4. कटी हरी मिर्च व नीबू का रस डालकर गर्म फुलकों या तंदूरी रोटी के साथ परोसें।

खट्टी-मीठी अरहर

सामग्री:

अरहर दाल	*: 2 कटोरी*
सरसों दाना	*: एक चौथाई छोटा चम्मच*
हरी मिर्च	*: 2-3*
करी पत्ता	*: 1 छोटी टहनी*
हल्दी	*: एक चौथाई छोटा चम्मच*
नमक	*: 1 छोटा चम्मच*
प्याज	*: 1 (बड़ा)*
गुड़	*: एक चौथाई प्याला*
इमली का पानी	*: आधा प्याला*
मूंगफली तेल	*: आधा बड़ा चम्मच*

विधि:

1. दाल को धोकर भिगोने के लिए पानी में डाल दें। आधे घंटे बाद उसे 5 कटोरी पानी में गला लें।
2. मूंगफली तेल को गर्म करें। उसमें सरसों दाना तथा करी पत्ता चटकाएं।
3. प्याज को बारीक चौकोर काटें। उसे भूनकर गुलाबी करें। फिर उसमें हरी मिर्च डालें।
4. उबली दाल, नमक व हल्दी डालकर 5 मिनट तक पकाएं।
5. उसके बाद इमली का पानी तथा कटा गुड़ डालकर 5 मिनट तक पकाएं। फिर इस खट्टी-मीठी दाल को गर्म चावल के साथ परोसें।

चिचिंडा अरहर

सामग्री:

अरहर दाल	*: 2 कटोरी*
चिचिंडा के छोटे टुकड़े	*: 2 कटोरी*
तेल	*: डेढ़ बड़ा चम्मच*
हल्दी	*: आधा छोटा चम्मच*
नमक	*: डेढ़ छोटा चम्मच*
हींग	*: चुटकीभर*
हरी मिर्च	*: 2-3*
लहसुन	*: 3-4 फलियां*
सूखी लाल मिर्च	*: 1 (बड़ी)*
घी	*: आधा बड़ा चम्मच*

विधि:

1. दाल को भिगोने के लिए पानी में डाल दें।
2. आधा बड़ा चम्मच तेल, पानी, हल्दी व नमक डालकर भीगी हुई दाल पका लें।
3. तेल गर्म करें। उसमें चिचिंडा तलकर गला लें।
4. गले चिचिंडे में उबली दाल, हरी मिर्च तथा हींग डालकर 5-7 मिनट तक पका लें।
5. आधा बड़ा चम्मच घी दुबारा गर्म करें। उसमें लाल मिर्च चटकाएं व लहसुन लाल करें।
6. तैयार दाल में लहसुन का तड़का दें। फिर गर्मागर्म दाल को फुलकों के साथ परोसें।

दही लाल मसूर

सामग्री:

लाल मसूर	*: 1 कटोरी*
दही	*: 1 कटोरी*
प्याज	*: 1*
पानी	*: 4 कटोरी*
नमक	*: 1 छोटा चम्मच*
लाल मिर्च	*: आधा छोटा चम्मच*
हल्दी	*: एक चौथाई छोटा चम्मच*
शुद्ध घी	*: 1 बड़ा चम्मच*
सूखी लाल मिर्च	*: 1 (बड़ी)*
जीरा	*: चुटकीभर*
हींग	*: चुटकीभर*

विधि:

1. प्याज को लंबाई के बल में पतला-पतला काट लें।
2. दाल साफ करके लगभग 1 घंटे तक भिगोए रखें।
3. कुकर में दाल, पानी, नमक, मिर्च, हल्दी व कटे प्याज डालकर गला लें।
4. ढक्कन खोलकर आंच मंद करें व पकने दें।
5. घी गर्म करें। हींग तथा जीरा उसमें कड़काएं और दाल छौंकें।
6. मंद आंच पर पकती दाल में दही फेंटकर मिलाएं व 2-3 उबाल दें। फिर उसे गर्म चावल के साथ परोसें।

साबूत मसूर

सामग्री:

साबूत काली मसूर	*: 2 कटोरी*
प्याज	*: 1 (बड़ा)*
लहसुन	*: 3-4 फलियां*
नमक	*: 1 छोटा चम्मच*
लाल मिर्च	*: आधा छोटा चम्मच*
हल्दी	*: 1 चौथाई छोटा चम्मच*
शुद्ध घी	*: 1 बड़ा चम्मच*
हींग	*: एक चौथाई छोटा चम्मच*

विधि:

1. दाल को बीन व धोकर भीगने के लिए लगभग 1 घंटे तक पानी में रहने दें।
2. कुकर में भीगी दाल, नमक, लाल मिर्च व हल्दी डालें तथा 6 कटोरी पानी डालकर पकाएं।
3. घी गर्म करें। फिर छोटे चौकोर व बारीक टुकड़ों में कटा प्याज, हींग तथा लहसुन डालें व प्याज गुलाबी करें।
4. उबलती दाल में गर्म छौंक डालें व 5 मिनट तक और पकाएं। फिर गर्म चावल के साथ इसे परोसें।

टमाटरी साबूत मसूर

सामग्री:

लाल टमाटर	:	*250 ग्राम*
साबूत मसूर	:	*1 कटोरी*
प्याज	:	*1 (छोटा)*
नमक	:	*1 छोटा चम्मच*
हल्दी	:	*आधा छोटा चम्मच*
लाल मिर्च	:	*तीन चौथाई छोटा चम्मच*
शुद्ध घी	:	*1 बड़ा चम्मच*
जीरा	:	*एक चौथाई छोटा चम्मच*
हींग	:	*चुटकीभर*
सूखी लाल मिर्च	:	*1*

विधि:

1. टमाटर को थोड़े पानी के साथ भाप में गला लें।
2. उन्हें छीलकर पानी के साथ ही मिक्सी में पीस लें व गाढ़ा रस तैयार करें।
3. टमाटर का रस, भीगी दाल, मसाले व बारीक कटे प्याज को थोड़े पानी में पका लें।
4. घी गर्म करें। उसमें सूखी लाल मिर्च तड़काएं। फिर उसमें हींग व जीरा डालें तथा तैयार टमाटरी दाल छौंकें। उसे गर्मागर्म चावल के साथ खाएं।

लाल मसूर

सामग्री:

लाल मसूर	:	*2 कटोरी*
नमक	:	*तीन चौथाई छोटा चम्मच*
लाल मिर्च	:	*आधा छोटा चम्मच*
हल्दी	:	*चौथाई छोटा चम्मच*
शुद्ध घी	:	*1 बड़ा चम्पच*
हींग	:	*चुटकीभर*
जीरा	:	*चुटकीभर*

विधि:

1. दाल धोकर 1 घंटे तक पानी में भिगो दें।
2. कुकर या पतीली में दाल, हल्दी तथा 5 कटोरी पानी डालकर आंच पर चढ़ाएं। जब वह उबलने लगे, तब आंच मंद करके 12 से 15 मिनट तक पकाएं।
3. गर्म घी में हींग तथा जीरा चटकाएं। फिर पकी दाल उसमें डालकर चलाएं तथा नमक व लाल मिर्च डालें।
4. 5 मिनट तक मंद आंच पर सौंधाएं। फिर ऊपर से घी डालकर तंदूरी रोटी व लहसुन-मिर्च की चटनी के साथ परोसें।

सोया मसूर

सामग्री:

मसूर दाल	*: आधी कटोरी*
सोयाबीन	*: आधी कटोरी*
नमक	*: 1 छोटा चम्मच*
लाल मिर्च पाउडर	*: आधा छोटा चम्मच*
हल्दी	*: आधा छोटा चम्मच*
जीरा	*: एक चौथाई छोटा चम्मच*
हींग	*: चुटकीभर*
सूखी लाल मिर्च	*: 2*
पानी	*: 4 कटोरी*
घी	*: 1 चम्मच*

विधि:

1. मसूर की दाल व सोयाबीन को धोकर अच्छी तरह साफ करें और पानी में भिगोने के लिए डाल दें।
2. 2 घंटे बाद दोनों दालों को दुबारा एक बार धोएं। फिर दोनों दाल, नमक, हल्दी, लाल मिर्च पाउडर तथा पानी कुकर में डालकर आंच पर चढ़ाएं और 30 मिनट तक प्रेशर दें।
3. एक चम्मच में घी गर्म करें। इसमें जीरा, हींग व लाल मिर्च भूनकर बघार तैयार करें।
4. इसे दाल में मिलाएं और फिर कुकर का ढक्कन बंद कर दें।
5. थोड़ी देर बाद इसे खोलें और फुलकों या चावल के साथ परोसें।

खिली मूंग (धुली)

सामग्री:

मूंग धुली	*: 1 कटोरी*
कटा हरा धनिया	*: 1 बड़ा चम्मच*
हरी मिर्च	*: 3-4*
बारीक चौकोर कटा अदरक	*: 1 बड़ा चम्मच*
शुद्ध घी	*: आधा बड़ा चम्मच*
जीरा	*: एक चौथाई छोटा चम्मच*
नमक	*: आधा छोटा चम्मच*
लाल मिर्च	*: एक चौथाई छोटा चम्मच*
काला मसाला	*: 1 छोटा चम्मच*
नीबू का रस	*: 1 छोटा चम्मच*

विधि:

1. मूंग दाल को बीन-धोकर पानी में भिगो दें।
2. 3-4 घंटे बाद गर्म शुद्ध घी में जीरा चटकाएं।
3. भीगी दाल को छौंकें। उसमें नमक, लाल मिर्च व थोड़ा पानी डालकर ढक दें और गलाकर खिली-खिली तैयार करें।
4. काला मसाला, कटी हरी मिर्च तथा नीबू का रस डालकर चटपटी खिली मूंग तैयार करें। इसे आप डबल रोटी या रोटी या परांठे-किसी के भी साथ खा सकते हैं।

अंकुरित मूंग दाल खिली

विधि:

1. अंकुरित मूंग और आधी कटोरी पानी प्रेशर कुकर में डालकर आंच पर रखें।
2. इसमें नमक डालकर 5 मिनट तक प्रेशर दें।
3. आंच पर से उतारकर तुरत प्रेशर निकाल दें, ताकि दाल बिलकुल घुट न जाए।
4. आंच पर एक कड़ाही गर्म करें। इसमें घी में जीरा भूनकर दाल छोड़ दें। अगर दाल में कुछ पानी रह गया हो, तो उसे सूखने दें।
5. टमाटर, प्याज और हरी मिर्च बारीक काट लें।
6. इमली को पानी में भिगोकर छान लें, ताकि उसमें से बीज इत्यादि निकल जाएं।
7. अब तैयार दाल में कटे प्याज, हरी मिर्च, टमाटर और इमली का पानी डालें।

नोट: मौसम के अनुसार इसमें धनिया पत्ती भी डाली जा सकती है। परांठे के साथ यह दाल अच्छी लगती है।

सामग्री:

अंकुरित मूंग दाल	*: 125 ग्राम*
प्याज (ऐच्छिक)	*: 1*
हरी मिर्च	*: 2*
जीरा	*: आधा छोटा चम्मच*
नमक	*: आधा छोटा चम्मच*
इमली	*: 25 ग्राम*
घी या वनस्पति तेल	*: 1 चम्मच*
टमाटर	*: 2*

मूंग साबूत

सामग्री:

मूंग साबूत	*: 2 कटोरी*
नमक	*: तीन चौथाई छोटा चम्मच*
लाल मिर्च	*: आधा छोटा चम्मच*
हल्दी	*: चौथाई छोटा चम्मच*
हरी मिर्च	*: 3-4*
प्याज	*: 1 (बड़ा)*
टमाटर बारीक कटा	*: 1 (बड़ा)*
हरा धनिया	*: 1 बड़ा चम्मच*
हींग	*: चुटकीभर*
जीरा	*: चुटकीभर*
शुद्ध घी	*: 1 बड़ा चम्मच*
सूखी लाल मिर्च	*: 1 (बड़ी)*

विधि:

1. प्याज, टमाटर तथा हरी मिर्चों के बारीक छोटे टुकड़े कर लें।
2. दाल साफ करके धो लें और 1 घंटे तक भिगोए रखें। बाद में कुकर या पतीली में भीगी दाल, नमक, हल्दी, लाल मिर्च तथा पानी डालकर उबालें। फिर हींग डालकर ढकें और मंद आंच पर 8 से 10 मिनट तक पकाकर गाढ़ी दाल तैयार करें।
3. गर्म घी में लाल मिर्च तड़काएं। फिर कटे प्याज डालकर गुलाबी करें। उसके बाद कटा टमाटर भूनें तथा जीरा गुलाबी करें।
4. तैयार मूंग को छौंकें व आपस में मिलाकर 5 मिनट तक उसे पकाएं। फिर हरी मिर्च व हरा धनिया डालकर खाएं व खिलाएं।

हरी-पीली छिलका मूंग

सामग्री:

छिलका मूंग	*: 2 कटोरी*
प्याज	*: 1*
लहसुन	*: 1 फली*
नमक	*: तीन चौथाई छोटा चम्मच*
हल्दी	*: एक चौथाई छोटा चम्मच*
लाल मिर्च	*: आधा छोटा चम्मच*
शुद्ध घी	*: 1 बड़ा चम्मच*
सूखी लाल मिर्च	*: 1*
नीबू का रस	*: 1 छोटा चम्मच*

विधि:

1. साफ दाल को धोकर भिगो दें। लगभग आधे घंटे बाद उसे कुकर में डालें तथा नमक, लाल मिर्च, हल्दी व पानी डालकर पका लें।
2. गर्म शुद्ध घी में सूखी लाल मिर्च, बारीक कटा प्याज व लहसुन फली को गुलाबी करें।
3. उबली मूंग को इस छौंक में उबालें तथा चलाकर थोड़ी पतली छिलका मूंग तैयार करें। फिर इसे तंदूरी रोटी या फुलकों के साथ परोसें।

पालक मूंग

सामग्री:

बारीक कटा पालक	: 2 कटोरी
मूंग धुली दाल	: 2 कटोरी
प्याज	: 1 (बड़ा)
हींग	: एक चौथाई छोटा चम्मच
नमक	: 1 छोटा चम्मच
लाल मिर्च	: आधा छोटा चम्मच
हल्दी	: एक चौथाई छोटा चम्मच
शुद्ध घी	: 1 बड़ा चम्मच
सूखी लाल मिर्च	: 1 (बड़ी)

विधि:

1. दाल को धोकर कुकर या पतीले में डालें।
2. 5 कटोरी पानी, पालक, नमक, मिर्च, हल्दी तथा 1 छोटा चम्मच घी डालकर दाल पका लें।
3. शेष घी गर्म करें। उसमें लाल मिर्च तड़काएं।
4. प्याज को बारीक चौकोर टुकड़ों में काटें और गर्म घी में डालें। जब प्याज गुलाबी हो जाए, तब हींग डालकर चटकाएं।
5. इसे दाल में छौंक दें व 5-7 मिनट तक पकाएं।
6. इच्छानुसार हलकी गाढ़ी या पतली-किसी भी रूप में बनाकर नीबू का रस निचोड़ें और अचार व रोटी के साथ खाएं।

लाली हरियाली मूंग

सामग्री:

मूंग धुली	: 2 कटोरी
पानी	: 5 कटोरी
बारीक कटा हरा धनिया	: 1 कटोरी
टमाटर	: डेढ़ (बड़ा)
प्याज	: 1 (बड़ा)
नमक	: 1 छोटा चम्मच
लाल मिर्च	: आधा छोटा चम्मच
हल्दी	: आधा छोटा चम्मच
हरी मिर्च	: 3-4
शुद्ध घी	: 1 बड़ा चम्मच
हींग	: चुटकीभर

विधि:

1. दाल को धोकर कुकर में 1 छोटे चम्मच घी, पानी, नमक, लाल मिर्च व हल्दी के साथ पका लें।
2. प्याज, टमाटर व हरी मिर्च के बारीक टुकड़े काट लें।
3. कुकर का ढक्कन खोलें व दाल को मंद आंच पर पकाएं।
4. पक रही दाल में हरी मिर्च व टमाटर के टुकड़े डालकर 5 मिनट तक पकाएं।
5. हरा धनिया डालकर 2-3 मिनट तक पकाएं। फिर ढक्कन बंद कर दें।
6. बचे घी में प्याज व हींग डालें। प्याज गुलाबी होने दें। फिर तैयार छौंक पक रही दाल में डालकर 2-3 मिनट तक और पकाएं। उसके बाद आंच बुझा दें।
7. दाल में नीबू का रस डाल दें। फिर घी लगे फुलकों के साथ परोसें।

आलन साग मूंग

सामग्री:

मूंग छिलका	*: 2 कटोरी*
बारीक कटा पालक	*: 2 कटोरी*
बेसन	*: 2 बड़े चम्मच*
नमक	*: 1 छोटा चम्मच*
हल्दी	*: आधा छोटा चम्मच*
लाल मिर्च	*: तीन चौथाई छोटा चम्मच*
हींग	*: एक चौथाई छोटा चम्मच*
जीरा	*: एक चौथाई छोटा चम्मच*
शुद्ध घी	*: 2 बड़े चम्मच*
नीबू	*: 1*
सूखी लाल मिर्च	*: 1*

विधि:

1. दाल को साफ करके धो लें और पानी में भिगो दें।
2. पालक को भी साफ करके धो और काट लें।
3. कुकर में दाल, पालक तथा 6 कटोरी पानी डालकर आंच पर रखें।
4. नमक, हल्दी, लाल मिर्च तथा 1 छोटा चम्मच घी डालकर कुकर बंद करें और दाल पकाएं।
5. कुकर का ढक्कन खोलें व दाल घोंटकर एकसार करें। आंच मंद ही रखें।
6. बेसन को 1 कटोरी पानी में घोलें। धीरे-धीरे उस घोल को दाल में डालते व दाल को लगातार चलाते जाएं।
7. जब दाल गाढ़ी व चिकनी हो जाए, तब आंच तेज करके 1-2 उबाल दें।
8. शेष घी गर्म करें। उसमें लाल मिर्च हींग के साथ चटकाएं। फिर जीरा गुलाबी करें व पूरी छौंक एक साथ डालकर ढक्कन बंद करें और आंच बुझा दें।
9. दाल में नीबू का रस मिलाएं व गर्म-गर्म रोटी अथवा तंदूरी के साथ खाएं।

हलकी मूंग धुली

विधि:

1. दाल धोकर भिगोने के लिए डाल दें। आधे घंटे के बाद जब वह फूल जाए, तब उसे दुबारा धोएं।
2. दाल, मसाले, 1 छोटा चम्मच घी तथा पानी डालकर दाल को पकाएं।
3. पतली दाल जब तैयार हो जाए, तब आंच बुझा दें।
4. शेष घी में हींग व जीरे की छौंक लगाकर दाल में डालें। फिर उसे (हलकी मूंग को) ब्रेड या फुलकों के साथ परोसें।

नोट: बच्चों व मरीजों के लिए यह दाल अधिक उपयुक्त है।

सामग्री:

मूंग धुली	: *2 कटोरी*
नमक	: *तीन चौथाई छोटा चम्मच*
लाल मिर्च	: *एक चौथाई छोटा चम्मच*
हल्दी	: *एक चौथाई छोटा चम्मच*
शुद्ध घी	: *आधा बड़ा चम्मच*
जीरा	: *चुटकीभर*
हींग	: *चुटकीभर*
शुद्ध घी	: *आधा बड़ा चम्मच*

अंकुरित मोठ

सामग्री:

अंकुरित मोठ : 125 ग्राम
हरी मिर्च : 2
प्याज : 1
पनीर : 50 ग्राम
ताजे मटर के दाने : 50 ग्राम
काली मिर्च : आधा छोटा चम्मच
जीरा : एक चौथाई छोटा चम्मच
घी या वनस्पति तेल : 1 चम्मच
नमक : एक चौथाई छोटा चम्मच
हल्दी : एक चौथाई छोटा चम्मच
नीबू : 1
काला नमक : एक चौथाई छोटा चम्मच

विधि:

1. अंकुरित मोठ में एक चौथाई कटोरी पानी, नमक, मटर के दाने, हल्दी तथा काली मिर्च मिलाकर 5 मिनट तक प्रेशर दें।
2. दाल गल जाने पर उतार लें।
3. प्याज, पनीर और हरी मिर्च के छोटे-छोटे टुकड़े कर लें।
4. आंच पर एक कड़ाही में घी डालें। आंच धीमी करके जीरा भूनें व दाल डालकर आंच तेज करें।
5. हरी मिर्च, प्याज और पनीर उसमें डालें।
6. ऊपर से काला नमक व नीबू का रस डालकर परोसें।

राजमा

विधि:

1. राजमा बीन-धोकर रातभर पानी में भिगोए रखें।
2. सवेरे उसी पानी में नमक डालें और राजमा को उबालकर गला लें।
3. अलग पैन में घी गर्म करें। उसमें बारीक कटा प्याज, पिसा हुआ अदरक तथा लहसुन डालकर भूनें।
4. लाल मिर्च, हल्दी व धनिये से पानी के साथ गाढ़ा घोल बना लें। फिर भुने प्याज में डालकर मसाला तैयार करें। उसके बाद कटा टमाटर भूनें।
5. उबले राजमा व उसके पानी को तैयार छौंक में डालें। फिर लाल मिर्च के टुकड़े डालकर 5 मिनट तक और पकाएं।
6. कटा हरा धनिया व गर्म मसाला उस पर बुरककर चावल या रोटी के साथ खाएं।

सामग्री:

राजमा : 1 कटोरी
प्याज : 1 (बड़ा)
टमाटर : 1 (बड़ा)
अदरक : 1 इंच का टुकड़ा
लहसुन कटा : 3-4 फलियां
हरा धनिया : 1 बड़ा चम्मच
नमक : तीन चौथाई छोटा चम्मच
धनिया पाउडर: 2 छोटे चम्मच
हल्दी : आधा छोटा चम्मच
लाल मिर्च : आधा छोटा चम्मच
हरी मिर्च : 2-3
घी : 1 बड़ा चम्मच
पिसा गर्म मसाला : 1 छोटा चम्मच

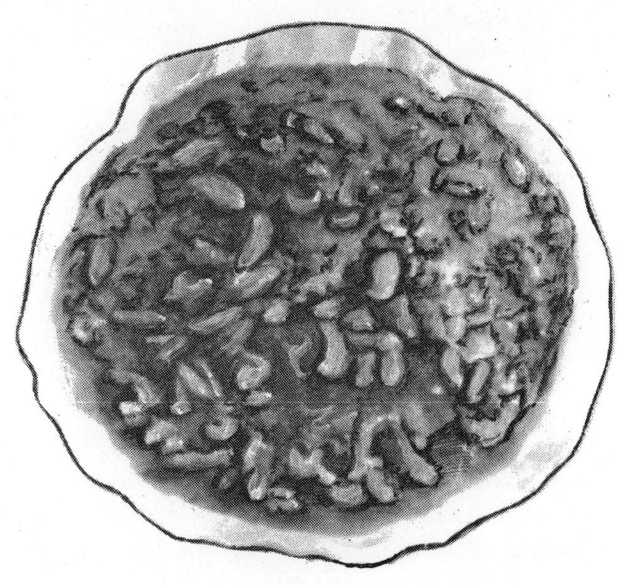

पंचरत्नी सब्जी दाल

सामग्रीः

चना दाल	:	*आधी कटोरी*
मूंग छिलका	:	*आधी कटोरी*
अरहर दाल	:	*आधी कटोरी*
मसूर साबूत	:	*आधी कटोरी*
उड़द धुली	:	*आधी कटोरी*
टमाटर, लौकी, फूलगोभी तथा बैगन के छोटे-छोटे टुकड़े	:	*आधी-आधी कटोरी*
हरी मिर्च	:	*2-3*
नमक	:	*सवा छोटा चम्मच*
हल्दी	:	*आधा छोटा चम्मच*
लाल मिर्च	:	*तीन चौथाई छोटा चम्मच*
शुद्ध घी	:	*1 बड़ा चम्मच*
जीरा, हींग, लौंग व बड़ी इलायची	:	*एक चौथाई बड़ा चम्मच*

विधिः

1. सभी दालों को साफ करके पानी में भिगो दें।
2. लगभग 1 घंटे तक भीगी दालों व कटी सारी सब्जियों को कुकर में डाले।
3. मसाले व पानी डालें तथा पंचरत्नी दाल उबाल लें।
4. घी गर्म करें व छौंक का सामान डालकर तड़काएं।
5. उबली दालें छौंक में डालें व स्वादिष्ट पंचरत्नी दाल तैयार करें।

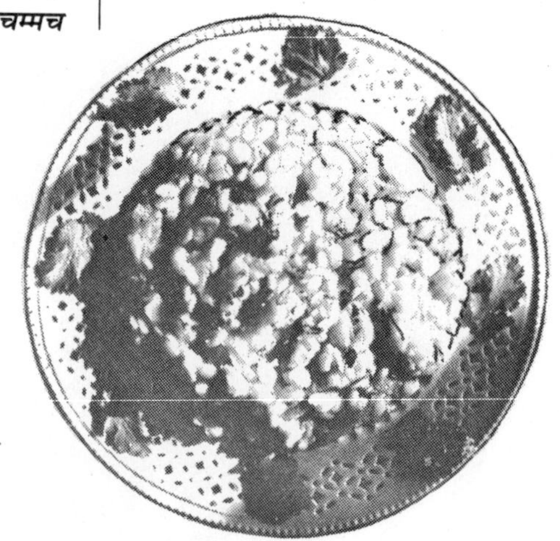

स्पेशल पंचरत्नी

सामग्री:

अरहर दाल	*: आधी कटोरी*
मूंग धुली	*: आधी कटोरी*
लाल मसूर	*: आधी कटोरी*
उड़द धुली	*: आधी कटोरी*
चना दाल	*: आधी कटोरी*
मूंगफली	*: आधी कटोरी*
कसा हुआ नारियल	*: आधी कटोरी*
बारीक कटा हरा धनिया	*: आधी कटोरी*
नमक	*: डेढ़ छोटा चम्मच*
लाल मिर्च	*: तीन चौथाई छोटा चम्मच*
हल्दी	*: आधा छोटा चम्मच*
जीरा	*: आधा छोटा चम्मच*
घी	*: 1 बड़ा चम्मच*
पानी	*: 7 कटोरी*

विधि:

1. पांचों दालों को धोकर भिगोने के लिए आधे घंटे तक पानी में रख दें।
2. नमक, हल्दी, लाल मिर्च तथा साढ़े छः कटोरी पानी डालकर दाल गला लें।
3. घी गर्म करें। फिर जीरा डालकर चटकाएं। दालें छौंक दें व 5 मिनट तक पकाएं।
4. हरा धनिया डालकर उसे दुबारा पकाएं व नारियल डालकर दाल के बर्तन को ढककर आंच बंद कर दें।
5. फिर इसे उतारकर गर्मागर्म चावल व चटनी के साथ खाएं।

निबुली रूंगी (लोबिया)

सामग्री:

रूंगी	*: 1 कटोरी*
नीबू का रस	*: 1 बड़ा चम्मच*
नमक	*: तीन चौथाई छोटा चम्मच*
काला नमक	*: 1 छोटा चम्मच*
कटा अदरक	*: आधा बड़ा चम्मच*
कटा हरा धनिया	*: आधा बड़ा चम्मच*
कटी हरी मिर्च	*: आधा बड़ा चम्मच*
लौंग	*: 2*
घी	*: आधा बड़ा चम्मच*

विधि:

1. रूंगी को साफकर भिगोने के लिए पानी में डाल दें। फिर नमक के पानी में भाप में गला लें व ढक्कन खोलकर पानी सुखा लें।
2. गर्म घी में लौंग चटकाएं। फिर सूखी रूंगी उसमें छौंकें।
3. नीबू के रस वाले मसाले में उसे लपेटें।
4. कटा अदरक, हरा धनिया तथा हरी मिर्च मिलाकर खाएं।

मसाला रूंगी (लोबिया)

विधि:

1. रूंगी को बीन-धोकर लगभग 4 घंटे तक भिगो दें।
2. उसी पानी में नमक डालकर रूंगी को भाप में गला लें।
3. अलग पतीले में कड़ाही में घी गर्म करें व उसमें कटा प्याज डालकर गुलाबी करें।
4. गर्म मसाला छोड़कर पानी की एक चौथाई कटोरी में मसाले भीगने दें। जब मसाले फूल जाएं, तब प्याज डालें व भूनें। पिसा टमाटर भी डालकर भूनें।
5. तैयार मसाले में उबली रूंगी पानी समेत डालकर थोड़ी देर पकाएं व पानी कम कर दें।
6. गर्म मसाला, नीबू का रस और बारीक कटा अदरक डालकर खाएं।

सामग्री:

रूंगी	*: 1 कटोरी*
प्याज	*: 1 (बड़ा)*
टमाटर	*: 1 (बड़ा)*
अदरक	*: आधा इंच का टुकड़ा*
नमक	*: तीन चौथाई छोटा चम्मच*
हल्दी	*: एक चौथाई छोटा चम्मच*
पिसा	
सूखा धनिया	*: डेढ़ छोटा चम्मच*
लाल मिर्च	*: आधा छोटा चम्मच*
गर्म मसाला	*: आधा छोटा चम्मच*
नीबू का रस	*: 2 बड़े चम्मच*
घी	*: 1 बड़ा चम्मच*

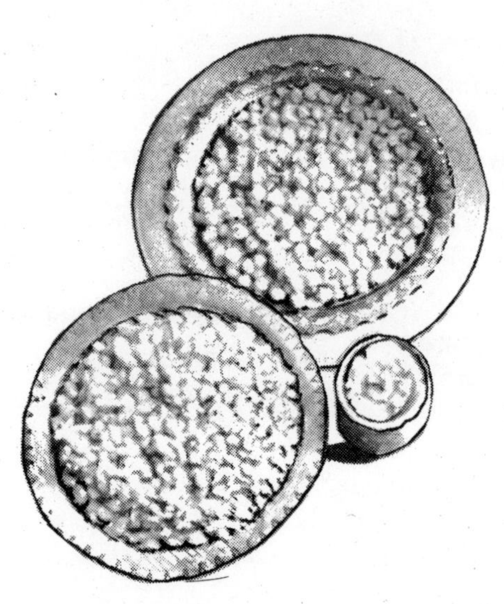

स्पेशल पौष्टिक चने दावती

सामग्री:

काले चने	*: 1 कटोरी*
आलू	*: 2*
प्याज	*: 1 (बड़ा)*
टमाटर	*: 1 (बड़ा)*
लहसुन	*: 2-3 फलियां*
अदरक	*: डेढ़ इंच का टुकड़ा*
नमक	*: तीन चौथाई छोटा चम्मच*
हल्दी	*: एक चौथाई छोटा चम्मच*
धनिया पाउडर	*: 1 छोटा चम्मच*
लाल मिर्च	*: आधा छोटा चम्मच*
हरी मिर्च	*: 2-3*
घी	*: 1 बड़ा चम्मच*

विधि:

1. चनों को रात में भीगने के लिए पानी में डाल दें। सवेरे उसी पानी में नमक डालकर उन चनों को उबालें।
2. प्याज, लहसुन व अदरक का पेस्ट बनाकर गर्म घी में भूनें।
3. उसमें हल्दी, धनिया, लाल मिर्च तथा एक चौथाई कटोरी पानी डालकर मसाला भूनें।
4. पिसा टमाटर डालकर तरी बनाएं।
5. आलू के टुकड़े भूनें। फिर उबले चने पानी समेत डालकर पकाएं।
6. हरी मिर्च डालकर 5 मिनट और पकाएं। उसके बाद फुलकों, गर्म चावल व नान के साथ परोसें।

चने शक्तिदायक

सामग्री:

काले चने	*: 1 कटोरी*
नमक	*: आधा छोटा चम्मच*
घी या तेल	*: आधा बड़ा चम्मच*
लाल मिर्च	*: आधा छोटा चम्मच*
नीबू का रस	*: 1 छोटा चम्मच*
जीरा	*: एक चौथाई छोटा चम्मच*

विधि:

1. चनों को बीन व धोकर रात में पानी में भिगो दें।
2. सवेरे उसी पानी में नमक डालकर चने को गला लें।
3. गर्म घी में जीरा चटकाएं। फिर पानी समेत चने छौंकें व पकाएं।
4. उसमें लाल मिर्च व नीबू का रस डालें। उसके बाद नमकीन चावल या फुलके या करारी डबलरोटी के साथ खाएं।

सुल्ताना छोले

विधि:

1. छोले धोकर नमक मिले पानी में डालें और रात में भीगने के लिए रख दें।
2. सवेरे उसे उबाल लें। फिर उसमें सोडा डालें।
3. जब छोले गल जाएं, तब कलछी से दबा-दबाकर हलका-सा कुचल लें।
4. बारीक कटा हरा धनिया, अदरक, हरी मिर्च, काला मसाला व नीबू का रस डालकर मिलाएं। फिर गर्म कुलचों या फुलकों के साथ खाएं।

सामग्री:

छोले	*: 1 कटोरी*
नीबू	*: 1*
खाने वाला सोडा	*: चुटकीभर*
नमक	*: आधा छोटा चम्मच*
काला मसाला	*: 1 छोटा चम्मच*
हरी मिर्च	*: 2-3*
बारीक कटा धनिया	*: आधा बड़ा चम्मच*
बारीक कटा अदरक	*: 1 बड़ा चम्मच*

अकबरी छोले

सामग्री:

सफेद चने : डेढ़ कटोरी
उबली गाढ़ी
चना दाल : 1 कटोरी
सोडा : एक चौथाई छोटा चम्मच
नमक : 1 छोटा चम्मच
लाल मिर्च : तीन चौथाई छोटा चम्मच
सूखा पिसा
धनिया : 2 छोटे चम्मच
चाय की पत्ती : 2 बड़े चम्मच
प्याज : 1 (बड़ा)
अदरक : आधा इंच का टुकड़ा
लहसुन : 3-4 फलियां
छोटी इलायची : 4
बड़ी इलायची : 3
पनीर : 100 ग्राम
तेजपत्ते : 3-4
टमाटर : 1 (बड़ा)
आलू : 1 (बड़ा)
हरी मिर्च : 3-4
बारीक कटा
हरा धनिया : 1 बड़ा चम्मच
इमली का
पानी : आधा प्याला
घी या तेल : ढाई बड़े चम्मच
काला मसाला : 1 बड़ा चम्मच

विधि:

1. महीन कपड़े में चाय की पत्ती की पोटली बना लें।
2. पोटली, सोडा, नमक, भीगे चने तथा पानी को कुकर में बंद करके अच्छी तरह से गला लें। फिर पोटली बाहर निकाल लें।
3. प्याज, अदरक व लहसुन का पेस्ट तैयार करें।
4. 1 बड़ा चम्मच घी गर्म करें। उसमें खड़ा गर्म मसाला चटकाएं तथा प्याज का पेस्ट भूनें।
5. सूखा धनिया, लाल मिर्च, कटा टमाटर तथा थोड़ा चने का पानी डालकर भूनें।
6. उसके बाद उबले चने व उबली दाल डालकर मसाले के साथ भूनें तथा मंद आंच पर पकाएं।
7. इमली का पानी व काला मसाला डालकर मिलाएं तथा गाढ़ा घोल तैयार करें।
8. शेष तेल को गर्म करके आलू तल लें। गलने तक तैयार घोलों में बारीक चौकोर कटा प्याज, तले आलू, तले टमाटर, तले पनीर के टुकड़े, हरी मिर्च व हरा धनिया डालें। फिर उसमें शेष बचा घी कड़काकर डालें तथा भटूरों व कुलचों के साथ परोसें।

शाही छोले

सामग्री:

सफेद छोले सूखा : डेढ़ कटोरी
अनारदाना खाने वाला : 1 बड़ा चम्मच
सोडा : एक चौथाई छोटा चम्मच
नमक : तीन चौथाई छोटा चम्मच
लाल मिर्च सूखा पिसा : 1 छोटा चम्मच
धनिया : 2 छोटे चम्मच
चाय की पत्ती : 2 बड़े चम्मच
खड़ा गर्म मसाला : आधा प्याला
लौंग : 3-4
काली मिर्च : 5-6
बड़ी इलायची : 6
दाल चीनी की छड़ें : 2-3
हरी छोटी इलायची और तेजपत्ता : 3-4
घी : 2 बड़े चम्मच
गाढ़ा इमली-पानी : आधा प्याला
सूखी लाल मिर्च : 1 (बड़ी)

विधि:

1. रातभर भीगे छोलों में सवेरे नमक व सोडा डालें और उबालें।
2. एक महीन कपड़े में चाय की पत्ती रखकर उसकी पोटली बना लें और उबलते छोले में डाल दें। छोले को अच्छी तरह से गला लें।
3. 1 बड़ा चम्मच घी गर्म करें। उसमें खड़ा गर्म मसाला चटकाएं।
4. छोलों से पोटली निचोड़कर निकाल दें।
5. लाल मिर्च व धनिया पाउडर गर्म मसाले में भूनें। फिर छोलों का थोड़ा पानी डालकर भूनें।
6. सूखा अनारदाना व छोलों को पानी समेत छौंक दें व पकने दें।
7. इमली का गाढ़ा पानी डालकर पकाएं।
8. 1 बड़े चम्मच घी में सूखी मिर्च तड़काकर ऊपर से छौंक लगाएं व गाढ़े छोले तैयार करें।
9. बारीक कटे प्याज व हरी मिर्च डालकर पूरी या भटूरे या कुलचे–किसी के भी साथ खाएं।

जहांगीरी छोले

सामग्री:

सफेद छोले खाने वाला	*: डेढ़ कटोरी*
सोडा	*: एक चौथाई छोटा चम्मच*
नमक	*: तीन चौथाई छोटा चम्मच*
लाल मिर्च	*: 1 छोटा चम्मच*
सूखा धनिया पाउडर	*: 2 छोटे चम्मच*
प्याज	*: 2 (बड़े)*
अदरक	*: डेढ़ इंच का टुकड़ा*
लहसुन	*: 3-4 फलियां*
घी	*: 2 बड़े चम्मच*
आलू	*: 2 (बड़े)*
टमाटर	*: 1 (बड़ा)*
हरी मिर्च	*: 3-4*
नीबू का रस	*: 1 बड़ा चम्मच*
गर्म मसाला	*: आधा छोटा चम्मच*

विधि:

1. छोले को साफ करें। उसके बाद साफ पानी में नमक डालकर 5-6 घंटे तक भिगोए रखें।
2. सोडा डालकर उसे गला लें।
3. 1 प्याज, लहसुन तथा अदरक को पीसकर उसका पेस्ट बना लें।
4. आलू काट लें। उसे गर्म घी में तलकर रख लें।
5. गर्म घी में ही प्याज पेस्ट डालकर भूनें, मसाले डालें व भूनें, टमाटर काटकर डालें। उसके बाद भूने व तले आलू तथा उबले छोले पानी समेत डालें और भाप में पकाएं।
6. कटी हरी मिर्च, गर्म मसाला व नीबू का रस डालकर रोटी या पूरी या कुलचा या चावल के साथ परोसें।

कढ़ी

पकौड़ी कढ़ी

सामग्री:

बेसन	*: 3 कटोरी*
पिसी टाटरी	*: आधा छोटा चम्मच*
पतली छाछ खाने वाला सोडा	*: 250 ग्राम*
सोडा	*: चुटकीभर*
घी या तेल (तलने के लिए)	*: पर्याप्त मात्रा में*
तेल (छौंक के लिए)	*: 1 बड़ा चम्मच*
पानी	*: आधा लिटर*
नमक	*: 2 छोटे चम्मच*
लाल मिर्च	*: ढाई छोटे चम्मच*
हल्दी	*: आधा छोटा चम्मच*
देसी घी	*: 1 बड़ा चम्मच*
छौंक की सामग्री (हींग व जीरा)	*: थोड़ी-सी*

विधि:

1. बेसन को छान लें। उसमें से 1 कटोरी बेसन अलग करें।
2. इस बेसन में एक चौथाई सोडा, 1 छोटा चम्मच नमक तथा एक चौथाई छोटा चम्मच लाल मिर्च डालें व पानी द्वारा पकौड़ों वाला घोल तैयार करें।
3. कड़ाही में तेल गर्म करें। उसमें घोल से मध्यम आकार के पकौड़े तलते जाएं और उनको उतार-उतारकर पानी में डालते जाएं।
4. बेसन में मसाले मिलाएं। फिर पानी व छाछ मिलाकर रई से मथें और पतला घोल तैयार करें।
5. इस घोल में टाटरी डालें व 5 मिनट के लिए रख दें।
6. कुकर में गर्म घी में छौंक की सामग्री चटकाएं, टाटरीदार बेसनी घोल डालें और चलाकर पकाएं।
7. पकौड़ियों को पानी से निकालें, हाथ से दबाकर उनका पानी अलग करें और कढ़ी में डालकर 3-4 मिनट तक पकाएं।
8. 1 बड़ा चम्मच देसी घी में 1 छोटा चम्मच लाल मिर्च को गर्म करें और कढ़ी पर डालकर सर्व करें।

बूंदीदार कढ़ी

सामग्री:

बेसन : 2 कटोरी
दही : 250 ग्राम
नमक : 2 छोटे चम्मच
लाल मिर्च : डेढ़ छोटा चम्मच
हल्दी : तीन चौथाई छोटा चम्मच
नमकीन बूंदी : 2 कटोरी
करी पत्ता : 2 टहनी
सरसों दाना : आधा छोटा चम्मच
पानी : डेढ़ लिटर
तेल या घी : डेढ़ बड़ा चम्मच

विधि:

1. बेसन के साथ नमक, लाल मिर्च व हल्दी को भी छलनी से छान लें।
2. गहरे बर्तन में दही डालकर मथनी से खूब चलाएं। उसमें बेसन वाला मिश्रण डालें तथा ऊपर से आधा पानी डालकर मथनी से मथें, ताकि वह एकजान हो जाए।
3. जिस बर्तन में कढ़ी बनानी हो, उसमें एक बड़ा चम्मच तेल या घी गर्म करें। उसमें आधा सरसों व 1 टहनी करी पत्ता डालकर कड़काएं।
4. कड़कते सरसों में दही वाला बेसनी घोल एक बार फिर धीरे-धीरे डालें व लगातार चलाते हुए एकसार करें, गांठें न पड़ने दें।
5. आंच मंद करें व कढ़ी पकने दें। जब कढ़ी पककर गाढ़ी व तैयार हो जाए, तब उसमें शेष बचा पानी डालें तथा तेज आंच पर 2-3 उबाल देकर आंच धीमी करें।
6. लगभग 10 मिनट तक पकने के बाद बूंदी डालें व एक उबाल आने पर आंच बुझा दें।
7. उसे डोंगे में परोसें व शेष कड़कते घी में बचे सरसों तथा करी पत्ता डालकर कड़काएं और कढ़ी बिखेर-कर छौंक डालें।

अनारी कढ़ी

सामग्री:

बेसन	*: 2 कटोरी*
खट्टा दही	*: 250 ग्राम*
नमक	*: 2 छोटे चम्मच*
लाल मिर्च	*: डेढ़ छोटा चम्मच*
अनार	*: 1 (बड़ा)*
हल्दी	*: तीन चौथाई छोटा चम्मच*
पानी	*: 1 लिटर*
घी	*: 1 बड़ा चम्मच*
हींग	*: चुटकीभर*

विधि:

1. बेसन को छलनी से छानकर एक गहरे बर्तन में रखें।
2. बेसन में नमक, लाल मिर्च, हल्दी व पानी डालें तथा रई से चलाकर बिना गांठों वाला घोल तैयार करें।
3. कड़ाही या पतीले या कुकर में घी गर्म करें व हींग डालकर चटकाएं।
4. कड़कती हींग के ऊपर बेसन का घोल डालकर लगातार चलाते रहें, ताकि बेसन तली में बैठने या चिपकने न पाए।
5. आंच मंद करें व पकने दें।
6. उसी बर्तन में दही डालें व खूब मथकर बेसनी घोल के ऊपर डालें और अच्छी तरह से मिलाएं।
7. कढ़ी को लगातार उबालें। बीच-बीच में उसे चलाते रहें।
8. जब कढ़ी लगभग तैयार होने लगे, तब उसमें अनार के दाने डालकर चलाएं तथा 10 मिनट तक मंद आंच पर पकने दें।
9. कढ़ी को इच्छानुसार गाढ़ी कर लेने के बाद गर्म देसी घी ऊपर से डालें तथा चावल के ऊपर सर्व करें।

फ्रूट कढ़ी

सामग्री:

संतरा	*: 1*
हरे अंगूर	*: 1 कटोरी*
अनन्नास के टुकड़े	*: 1 कटोरी*
आम के टुकड़े	*: 1 कटोरी*
बेसन	*: 2 कटोरी*
अनार के दाने खूब खट्टा	*: आधी कटोरी*
दही	*: 300 ग्राम*
नमक	*: 2 छोटे चम्मच*
लाल मिर्च	*: 1 छोटा चम्मच*
हल्दी	*: आधा छोटा चम्मच*
पानी	*: 1 लिटर*
तेल या घी	*: 1 बड़ा चम्मच*
छौंक की सामग्री (मेथी व हींग)	*: थोड़ी-सी*

विधि:

1. अंगूर धोकर आधे-आधे काट लें तथा संतरे के बीज व ऊपर की झिल्ली अलग कर रेशे निकाल लें।
2. बेसन में मसाले, दही तथा पानी मिलाकर घोल तैयार करें।
3. पतीले में घी गर्म करें तथा छौंक की सामग्री डालकर चटकाएं।
4. बेसनी घोल डालकर चलाते हुए कढ़ी को मंद आंच पर उबाल आने के बाद पकने के लिए छोड़ दें।
5. जब कढ़ी लगभग तैयार होने लगे, तब उसमें सारे फल डालकर 5-6 मिनट तक उबालें।
6. तैयार कढ़ी पर गर्म घी व नीबू का रस डालकर फुलकों या नान या चावल के साथ परोसें।

रंगीली चटपटी कढ़ी

सामग्री:

बेसन	*: 2 कटोरी*
खट्टा दही	*: 300 ग्राम*
लाल टमाटर	*: 2 (बड़े)*
अदरक	*: 1 इंच का टुकड़ा*
हरी मिर्च बारीक कटा	*: 6-7*
हरा धनिया	*: 2 बड़े चम्मच*
पानी	*: 1 लिटर*
लाल मिर्च	*: 2 छोटे चम्मच*
नमक	*: 2 छोटे चम्मच*
हल्दी	*: आधा छोटा चम्मच*
घी या तेल	*: 1 बड़ा चम्मच*
हींग	*: चुटकीभर*
जीरा	*: 1 चौथाई छोटा चम्मच*
मेथीदाना	*: 1 चौथाई छोटा चम्मच*

विधि:

1. टमाटर, अदरक तथा हरी मिर्च को छोटे व बारीक टुकड़ों में काट लें।
2. गहरे बर्तन में बेसन व मसाले डालें तथा आधा लिटर पानी व दही डालकर मथ लें।
3. कढ़ी बनाने वाले बर्तन में घी गर्म करें व मेथीदाना, जीरा तथा हींग डालकर चटकाएं।
4. चटकती छौंक में बेसनी घोल डालें तथा लगातार चलाते रहें। जब कढ़ी में उफान आए, तब आंच मंद करके बड़ा चम्मच उसमें छोड़ दें, ताकि उबाल आने पर कढ़ी बाहर नहीं गिरे।
5. शेष पानी डालकर उबलने दें।
6. बारीक कटी सब्जी डालें व कढ़ी को गाढ़ी (इच्छा-नुसार) होने तक पकाएं। फिर गर्म देसी घी ऊपर से डालकर चावल के साथ परोसें।

हरियाली कढ़ी

सामग्री:

पालक : 1 किलो
बेसन : 2 कटोरी
खट्टा दही : 250 ग्राम
पानी : आधा लिटर
नमक : डेढ़ छोटा चम्मच
लाल मिर्च : 2 छोटे चम्मच
हल्दी : तीन चौथाई छोटा चम्मच
तेल या घी : 1 बड़ा चम्मच
साबूत सूखी लाल मिर्च : 2
लहसुन : 3-4 फलियां
हींग : चुटकीभर
नीबू का रस : 1 चौथाई प्याला

विधि:

1. पालक को साफ करके अच्छी तरह से धो लें। फिर पानी के साथ उबालकर ठंडा करें।
2. मिक्सी में डालकर पीस लें।
3. खट्टा दही मिलाएं व खूब मथें।
4. बेसन को छलनी से छानकर पालक-दही के मिश्रण में डालें। फिर मसाले डालें व अच्छी तरह मथें।
5. कड़ाही में तेल या घी डालें व छौंक (साबूत लाल मिर्च, पिसी लहसुन फलियां तथा हींग) डालकर कड़काएं।
6. गर्म छौंक में पालक-बेसन का घोल डालकर लगातार चलाएं।
7. इस हरी कढ़ी को खूब पकने दें। जब यह इच्छानुसार गाढ़ी हो जाए, तो उतारकर परोसें।

स्पेशल पकौड़ा कढ़ी

सामग्री:

प्याज	*: 2*
आलू	*: 2*
हरी मिर्च	*: 3-4*
बेसन	*: 2 कटोरी*
खाने वाला सोडा	*: चुटकीभर*
खट्टा दही	*: 250 ग्राम*
पानी	*: 1 लिटर*
तेल (छौंक के लिए)	*: 1 बड़ा चम्मच*
तेल (तलने के लिए)	*: पर्याप्त मात्रा में*
नमक	*: 2 छोटे चम्मच*
लौंग	*: 2-3*
जीरा	*: चुटकीभर*
अजवायन	*: चुटकीभर*
हींग	*: चुटकीभर*
मेथीदाना	*: एक चौथाई छोटा चम्मच*

विधि:

1. बेसन छलनी से छानें व 1 कटोरी बेसन अलग करें।
2. इस बेसन में आलू, प्याज व हरी मिर्च के बारीक टुकड़े करके मिलाएं।
3. एक चौथाई छोटा चम्मच नमक, एक चौथाई छोटा चम्मच लाल मिर्च तथा सोडा डालकर पानी के साथ बेसनी पकौड़ा घोल तैयार करें।
4. तेल गर्म करके छोटे-छोटे पकौड़े तलें।
5. शेष बेसन में शेष मसाले डालकर छान लें और पानी के साथ घोल तैयार करें।
6. पतीले में चिकनाई डालें व छौंक का सामान (लौंग, जीरा, अजवायन, हींग तथा मेथीदाना) डालकर खूब गर्म करें। फिर घोल को छौंक दें।
7. लगातार चलाते हुए तेज आंच पर उबाल दें। फिर आंच मंद करके कढ़ी को पकने दें।
8. तैयार कढ़ी में स्पेशल पकौड़े डालकर पूरी तरह से कढ़ी पकाएं। फिर गर्म-गर्म फुलकों के साथ परोसें।

बॉल कढ़ी

सामग्री:

एकदम छोटे आलू	*: 500 ग्राम*
बेसन	*: 2 कटोरी*
दही या मट्ठा	*: 350 ग्राम*
नमक	*: 2 छोटे चम्मच*
लाल मिर्च	*: 2 छोटे चम्मच*
हल्दी	*: तीन चौथाई छोटा चम्मच*
तेल (तलने के लिए)	*: पर्याप्त मात्रा में*
तेल (छौंक के लिए)	*: 1 बड़ा चम्मच*
प्याज (छौंक के लिए)	*: 1 (बड़ा)*
काला मसाला	*: 1 बड़ा चम्मच*
हींग	*: चुटकीभर*
सूखी साबूत लाल मिर्च	*: 1 (बड़ी)*
पानी	*: आधा लिटर*

विधि:

1. आलुओं को छील और धोकर तेज कांटे से गोद लें।
2. गोदे हुए आलुओं को गर्म तेल में मंद आंच पर गुलाबी-गुलाबी तल लें।
3. दही या मट्ठे में पानी मिलाकर मथें। उसमें बेसन तथा मसाले डालकर दुबारा मथ लें।
4. कुकर में घी में लाल सूखी मिर्च, हींग तथा बारीक कटा प्याज डालकर गुलाबी भूनें।
5. इसमें घोल छौंक दें। जब उबाल आए, तो आंच मंद कर दें।
6. आलू डालकर कुकर का ढक्कन व सीटी लगा दें तथा 8 मिनट तक और पकाएं।
7. ढक्कन खोलकर काला मसाला बुरकें व 5 मिनट तक और पकाएं।
8. गर्म घी डालकर चावल अथवा तंदूरी रोटी के साथ परोसें।

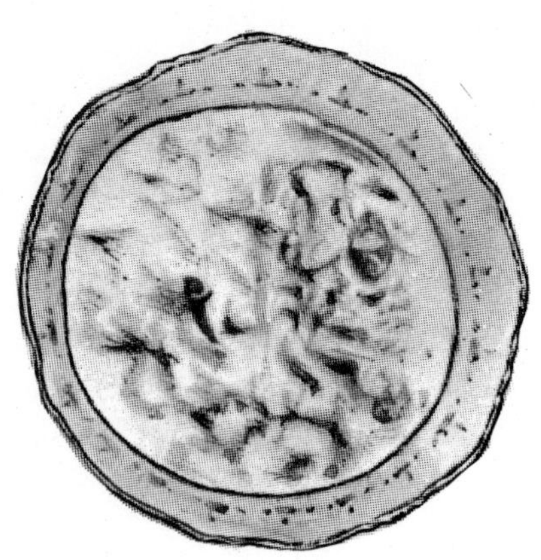

आम की कढ़ी

सामग्री:

मध्यम आकार के पके आम (लंगड़ा)	*: 3*
बेसन	*: आधी कटोरी*
दही खट्टा	*: 250 ग्राम*
नमक	*: 1 छोटा चम्मच*
लाल मिर्च	*: तीन चौथाई छोटा चम्मच*
हल्दी	*: आधा छोटा चम्मच*
घी या तेल	*: 1 बड़ा चम्मच*
सूखी लाल मिर्च	*: 1*
हींग	*: चुटकीभर*
अजवायन	*: चुटकीभर*
लौंग	*: 2*
पुदीना की पत्ती	*: 3-4*

विधि:

1. 2 आमों को छीलकर छोटे चौकोर टुकड़ों में काट लें। आम का रस व गूदा निकालें।
2. छने बेसन में मसाले मिलाकर पानी व दही डालें तथा रई से मथकर घोल तैयार करें।
3. घी या तेल गर्म करें। उसमें सूखी लाल मिर्च, हींग, लौंग व अजवायन डालकर चटकाएं।
4. तैयार घोल डालकर चलाएं व उबाल आने पर आंच धीमी कर दें।
5. आम का रस डालकर खदकाएं। फिर आम के टुकड़े डालें और कढ़ी गाढ़ी होने तक पकाएं।
6. पुदीने की पत्तियां काटकर बुरकें व चावल के साथ खाएं।

मेवा कढ़ी

सामग्री:

सूखी खूबानी	*: 4-5*
सूखे छुहारे	*: 4-5*
सूखे खजूर	*: 4-5*
मखाने	*: आधी कटोरी*
मुनक्का	*: एक चौथाई प्याला*
काजू व किशमिश	*: एक चौथाई प्याला*
चिरौंजी	*: एक चौथाई प्याला*
बेसन	*: 1 प्याला*
छाछ	*: 500 ग्राम*
नमक	*: 1 छोटा चम्मच*
लाल मिर्च	*: तीन चौथाई छोटा चम्मच*
हल्दी	*: आधा छोटा चम्मच*
घी या तेल	*: डेढ़ छोटा चम्मच*
हींग	*: चुटकीभर*
सूखी लाल मिर्च	*: 1*

विधि:

1. खूबानी, छुहारे, खजूर व मुनक्के को बीज रहित कर लंबवत बारीक काट लें।
2. काजू व मखाने तलकर अलग रखें।
3. बेसन छानकर गहरे बर्तन में रखें व मसाले, छाछ तथा पानी को रई से मथ लें।
4. गर्म घी या तेल में लाल मिर्च तड़काएं तथा हींग डालकर कड़काएं।
5. बेसनी घोल डालें व उबाल आने तक लगातार चलाते रहें।
6. आंच मंद करें व काजू तथा चिरौंजी छोड़कर शेष मेवा डालें और इच्छानुसार गाढ़ी करें। तैयार कढ़ी में तले काजू व चिरौंजी डालें।

टमाटरी कढ़ी

विधि:

1. टमाटरों को धोकर भाप में गला लें। फिर उन्हें छीलकर मिक्सी में चलाएं और जूस बनाएं।
2. गहरे बर्तन में दही व मसाले डालकर चलाएं। इसमें ही छना हुआ बेसन डालकर घोलें। शेष पानी डालकर घोल तैयार करें।
3. आधा बड़ा चम्मच घी या तेल गर्म करें व हींग डालकर चटकाएं। बेसनी घोल उसमें छौंककर तब तक लगातार चलाते रहें, जब तक उबाल बैठ न जाए।
4. टमाटर जूस डालें व पकने दें।
5. जब वह मन-मुताबिक गाढ़ी हो जाए, तो हरा धनिया डालें व चलाकर पकाएं।
6. शेष गर्म घी में सरसों दाना डालकर तड़काएं तथा तैयार टमाटरी कढ़ी को ऊपर से छौंक दें।

सामग्री:

पके टमाटर	*: 500 ग्राम*
बेसन	*: आधी कटोरी*
दही	*: 100 ग्राम*
नमक	*: डेढ़ छोटा चम्मच*
लाल मिर्च	*: तीन चौथाई छोटा चम्मच*
गर्म मसाला	*: आधा छोटा चम्मच*
हल्दी	*: आधा छोटा चम्मच*
सरसों दाना	*: आधा छोटा चम्मच*
घी या तेल	*: 1 बड़ा चम्मच*
बारीक कटा हरा धनिया	*: आधा बड़ा चम्मच*
हींग	*: चुटकीभर*

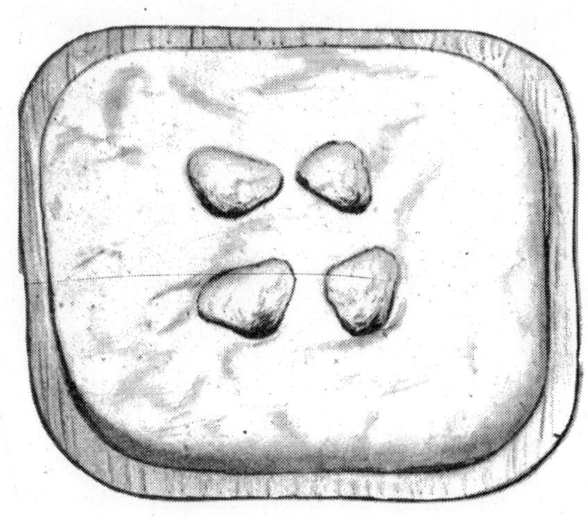

सरसों कढ़ी

सामग्री:

ताजा सरसों	*: 250 ग्राम*
दही	*: 250 ग्राम*
बेसन	*: आधी कटोरी*
नमक	*: डेढ़ छोटा चम्मच*
लाल मिर्च	*: तीन चौथाई छोटा चम्मच*
हल्दी	*: आधा छोटा चम्मच*
अदरक	*: 1 इंच का टुकड़ा*
लहसुन	*: 3-4 फलियां*
हींग	*: चुटकीभर*
सूखी लाल मिर्च	*: 1*
प्याज	*: 1 (बड़ा)*
टमाटर	*: 1 (बड़ा)*
घी	*: 1 बड़ा चम्मच*

विधि:

1. प्याज, टमाटर तथा सरसों को बारीक छोटे टुकड़ों में काट लें।
2. सरसों को उबाल लें।
3. बेसन को छलनी से छानें तथा मसाले और पानी मिलाकर गाढ़ा घोल तैयार करें।
4. गर्म घी में मिर्च तथा हींग तड़काएं। प्याज को गुलाबी होने तक भूनें तथा प्याज वाली छौंक में लहसुन व अदरक का पिसा पेस्ट डालकर भूनें।
5. इस छौंक में बेसनी घोल डालकर चलाएं व तेज आंच पर उबाल आने तक पकाएं।
6. आंच मंद करें व उबलते घोल में उबले सरसों तथा उसका पानी डालकर चलाएं। लगातार उबलने व पकने दें। बीच-बीच में चलाते रहें।
7. घी गर्म करें। उसमें कटा टमाटर डालकर भूनें तथा उबलती कढ़ी डालें। आंच मंद करके गाढ़ी होने तक पकाएं। फिर रोटी या चावल के साथ परोसें।

पुदीना कढ़ी

विधि:

1. कटी पुदीना पत्तियों को धो लें।
2. बेसन छानकर गहरे बर्तन में रखें। उसमें नमक, लाल मिर्च, हल्दी तथा पानी डालकर घोल तैयार करें।
3. गर्म घी, हींग व जीरा डालकर चटकाएं और बेसनी घोल डालकर लगातार चलाते हुए पकाएं। उबाल आने पर आंच मंद करें व उबलने दें।
4. उबलती कढ़ी में पुदीने की पत्तियां डालें व चलाएं। जब कढ़ी मन-मुताबिक गाढ़ी हो जाए, तब उसमें पिसी पुदीना-पत्ती डालकर मिलाएं तथा चावल के साथ परोसें।

सामग्री:

कटी ताजा पुदीना पत्ती	*: आधा प्याला*
पिसी पुदीना पत्ती	*: 1 छोटा चम्मच*
खट्टा दही	*: 250 ग्राम*
बेसन	*: आधी कटोरी*
जीरा	*: आधा छोटा चम्मच*
हल्दी	*: एक चौथाई छोटा चम्मच*
पानी	*: आधा लिटर*

अनन्नास कढ़ी

विधि:

1. अनन्नास को छीलकर टुकड़ों में काट लें। उनमें से आधी कटोरी टुकड़े अलग करके अनन्नास का जूस निकाल लें।
2. जूस, बेसन, दही, पानी, नमक, लाल मिर्च व हल्दी डालें और रई से चलाकर घोल तैयार कर लें।
3. गर्म मक्खन में सूखी लाल मिर्च तड़काएं व पूरा घोल छौंक दें। उसे लगातार चलाते हुए पकाएं।
4. उबाल आने पर उसमें अनन्नास के टुकड़े डालें व कढ़ी को इच्छानुसार गाढ़ी होने तक पकाएं।
5. चीनी और चाट मसाला या काला मसाला डालें। उबाल देकर आंच से उतार लें और चावल के साथ परोसें।

सामग्री:

अनन्नास	*: 500 ग्राम*
दही	*: 200 ग्राम*
बेसन	*: आधी कटोरी*
नमक	*: डेढ़ छोटा चम्मच*
लाल मिर्च	*: तीन चौथाई छोटा चम्मच*
हल्दी	*: आधा छोटा चम्मच*
सूखी लाल मिर्च	*: 2*
चाट मसाला अथवा काला मसाला	*: 1 छोटा चम्मच*
चीनी (ऐच्छिक)	*: 1 बड़ा चम्मच*
घी या मक्खन	*: 1 बड़ा चम्मच*

छाछ कढ़ी

सामग्री:

ताजा छाछ	*: 500 ग्राम*
बेसन	*: तीन चौथाई कटोरी*
नमक	*: 1 छोटा चम्मच*
लाल मिर्च	*: तीन चौथाई छोटा चम्मच*
हल्दी	*: आधा छोटा चम्मच*
पिसी टाटरी	*: आधा छोटा चम्मच*
तेल या घी	*: डेढ़ छोटा चम्मच*
सूखी लाल मिर्च	*: 2-3*
अजवायन व हींग	*: आधा छोटा चम्मच*
सूखा अनारदाना	*: 1 बड़ा चम्मच*

विधि:

1. बेसन को नमक, मिर्च, हल्दी व टाटरी के साथ छान लें।
2. छाछ व बेसनी मसाला डालें तथा रई या मथनी से बिलोकर बेसनी घोल तैयार करें।
3. गर्म घी में सूखी लाल मिर्च तड़काएं। उसके बाद हींग व अजवायन डालकर चटकाएं तथा छाछ वाला बेसनी घोल छौंक दें। उबाल आने तक उसे तेज आंच पर रखें।
4. मंद आंच पर गाढ़ी होने तक पकने दें व अनारदाना डालकर इच्छानुसार गाढ़ी छाछ कढ़ी तैयार करें।

नोट: यह कढ़ी थोड़ी पतली ही रखी जाती है।

आंवला कढ़ी

सामग्री:

आंवले	*: 6-7*
बेसन	*: आधी कटोरी*
मट्ठा	*: आधा लिटर*
पिसी टाटरी	*: आधा छोटा चम्मच*
नमक	*: डेढ़ छोटा चम्मच*
लाल मिर्च	*: आधा छोटा चम्मच*
हल्दी	*: एक चौथाई छोटा चम्मच*
हरी मिर्च	*: 3-4*
तेल या घी	*: 1 बड़ा चम्मच*
हींग	*: चुटकीभर*
जीरा	*: चुटकीभर*

विधि:

1. आंच पर पानी में आधा छोटा चम्मच नमक डालकर आंवले को 6-7 मिनट तक उबालें। इससे उनका कसैलापन पानी में आ जाएगा। पानी फेंक दें।
2. बेसन छलनी से छानकर मट्ठे में डालें तथा मसाले डालकर रई से चला लें। फिर टाटरी मिलाएं।
3. तेल या घी गर्म करें। उसमें हींग और जीरा डालकर चटकाएं तथा घोल को छौंक दें।
4. उबाल आने के बाद आंच मंद करें व आंवले डालकर गाढ़ी होने तक पकाएं।
5. ऊपर से गर्म घी डालकर परोसें।

करौंदा कढ़ी

विधि:

1. छलनी से बेसन छानें और गहरे बर्तन में रखें। फिर उसमें मसाले डालें।
2. खट्टा दही व पानी मिलाकर मथें। उसमें बेसन मसाले डालकर रई या चरनर से चलाएं, ताकि वे एकजान हो जाएं।
3. गर्म घी में हींग चटकाएं तथा पिसा अदरक व लहसुन भूनें। उसके बाद तैयार घोल को उसमें छौंक दें।
4. उबाल आने तक आंच तेज रखें। बाद में उसे मंद करें व कटे करौंदे डालकर पकने दें।
5. जब करौंदे गल जाएं व कढ़ी खाने लायक गाढ़ी हो जाए, तब आंच से उतारें तथा हरा धनिया डालकर परोसें।

सामग्री:

करौंदे (2 भागों में कटे)	*: 1 कटोरी*
बेसन	*: आधी कटोरी*
खट्टा दही	*: 250 ग्राम*
बारीक कटा हरा धनिया	*: 1 बड़ा चम्मच*
नमक	*: 1 छोटा चम्मच*
लाल मिर्च	*: आधा छोटा चम्मच*
हल्दी	*: आधा छोटा चम्मच*
हींग	*: चुटकीभर*
लहसुन	*: 2-3 फलियां*
पिसा अदरक	*: 1 छोटा चम्मच*

कुल्फे की खट्टी कढ़ी

विधि:

1. कुल्फा भाजी को धोकर बारीक काट लें।
2. बेसन छानें व मसाले डालकर मिलाएं।
3. खट्टा दही, पानी व बेसन-मसाले मिलाकर घोल तैयार करें।
4. घी या तेल गर्म करें। फिर सूखी मिर्च, हींग, जीरा व मेथीदाना की छौंक तैयार करें।
5. बेसन-घोल को डालकर छौंकें तथा तब तक लगातार चलाते रहें, जब तक उसमें उबाल न आ जाए।
6. उबलती कढ़ी में कुल्फा डालें और पकने दें। फिर रोटी या चावल के साथ परोसें।

सामग्री:

बेसन	*: 1 कटोरी*
खट्टा दही	*: 250 ग्राम*
हरा व ताजा कुल्फा	*: 300 ग्राम*
नमक	*: डेढ़ छोटा चम्मच*
लाल मिर्च	*: तीन चौथाई छोटा चम्मच*
हल्दी	*: आधा छोटा चम्मच*
घी या तेल	*: 1 बड़ा चम्मच*
हींग	*: चुटकीभर*
जीरा	*: एक चौथाई छोटा चम्मच*
मेथीदाना	*: चुटकीभर*
सूखी लाल मिर्च	*: 1-2*

सींगरी वाली कढ़ी

सामग्री:

बेसन	*: आधी कटोरी*
खट्टा दही	*: 250 ग्राम*
टाटरी (पिसी हुई)	*: एक चौथाई छोटा चम्मच*
नमक	*: डेढ़ छोटा चम्मच*
लाल मिर्च	*: आधा छोटा चम्मच*
हल्दी	*: आधा छोटा चम्मच*
घी	*: 1 बड़ा चम्मच*
जीरा	*: आधा छोटा चम्मच*
हींग	*: चुटकीभर*
मेथीदाना	*: एक चौथाई छोटा चम्मच*
सरसों के दाने	*: एक चौथाई छोटा चम्मच*
पानी	*: 6 कटोरी*
सींगरी	*: 100 ग्राम*

विधि:

1. बेसन को छलनी से छानकर दही में अच्छी तरह मथ लें। फिर इसमें पानी मिलाकर पतला घोल तैयार करें।
2. सींगरी को छोटे-छोटे टुकड़ों में काट लें।
3. आंच पर बड़ी कड़ाही में घी में हींग, जीरा, मेथी और सरसों के दाने डालें।
4. भुन जाने पर उसमें सींगरी डालकर थोड़ा और भूनें।
5. इसमें बेसन का घोल तथा बाकी बचे सब मसाले डालकर चलाएं और 15 मिनट तक पकाएं। फिर इसे चावल के साथ परोसें।

क्रीम कढ़ी

सामग्री:

ताजा क्रीम	*: 1 प्याला*
खट्टा दही	*: 2 प्याले*
बेसन	*: आधा प्याला*
प्याज	*: 1 (बड़ा)*
मलाई	*: आधा प्याला*
नमक	*: 1 छोटा चम्मच*
हल्दी	*: आधा छोटा चम्मच*
लाल मिर्च	*: आधा छोटा चम्मच*
तेल या घी	*: आधा बड़ा चम्मच*

विधि:

1. बेसन छानें। उसमें नमक, मिर्च व हल्दी डालें।
2. डोंगे में खट्टा दही व पानी मिलाकर मथ लें।
3. कढ़ी बनाने के बर्तन में गर्म घी में प्याज भूनें। फिर मलाई तब तक भूनें, जब तक घी न निकल आए।
4. घोल को डालकर छौंक दें तथा लगातार चलाते हुए गाढ़ा करें।
5. तैयार कढ़ी में क्रीम डालें। जब एक उबाल आ जाए, तब उतारें और चावल के साथ परोसें।

साग कढ़ी

सामग्री:

ताजा पालक	:	150 ग्राम
ताजा सरसों	:	100 ग्राम
ताजा बथुआ	:	100 ग्राम
चने का साग	:	50 ग्राम
प्याज	:	1 (बड़ा)
घी	:	1 बड़ा चम्मच
टमाटर	:	1 (बड़ा)
बेसन	:	1 कटोरी
दही	:	300 ग्राम
नमक	:	डेढ़ छोटा चम्मच
लाल मिर्च	:	1 छोटा चम्मच
हल्दी	:	तीन चौथाई छोटा चम्मच
हींग	:	चुटकीभर
सूखी लाल मिर्च	:	2
अदरक	:	1 इंच का टुकड़ा

विधि:

1. चारों सागों को धोकर बारीक काट लें।
2. हींग तथा अदरक डालकर थोड़े पानी में उबाल लें।
3. इसे मिक्सी में पीसकर चिकना बना लें।
4. कड़ाही में गर्म घी में कटा प्याज भूनें। फिर कटा टमाटर डालकर भूनें।
5. बेसन व शेष मसाले छानकर डोंगे या गहरे बर्तन में डालें।
6. दही फेंटें, उसमें 3 कटोरी पानी मिलाएं व रई से चलाएं। उसके बाद बेसन में डालकर बिना गांठों वाला घोल तैयार करें।
7. भुने प्याज में बेसनी घोल व साग डालें तथा उबाल आने तक लगातार पकाएं।
8. कढ़ी को इच्छानुसार गाढ़ी या पतली तैयार करें। फिर सादे चावल, नीबू-प्याज के लच्छे व पापड़ के साथ परोसें।

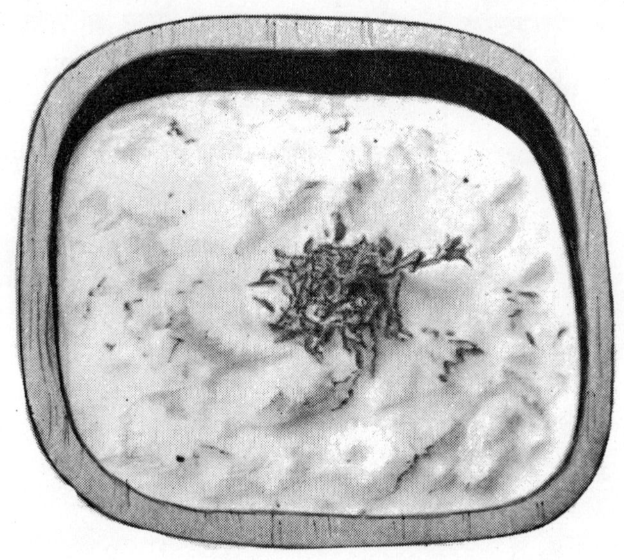

गट्टा कढ़ी

सामग्री:

गट्टे के लिए–

बेसन : 1 कटोरी
लाल मिर्च पाउडर : आधा छोटा चम्मच
नमक : आधा छोटा चम्मच
प्याज : 1
घी (तलने के लिए) : पर्याप्त मात्रा में

कढ़ी के लिए–

बेसन : आधी कटोरी
दही : 250 ग्राम
टाटरी चूर्ण : आधा चम्मच
हल्दी : आधा छोटा चम्मच
नमक : तीन चौथाई छोटा चम्मच
हींग : 1 चुटकी
मेथी : एक चौथाई छोटा चम्मच
जीरा : एक चौथाई छोटा चम्मच
लौंग : 2
दालचीनी : 1 टुकड़ा
घी : 1 चम्मच

विधि:

1. एक बर्तन में नीचे कुकर की जाली रखकर पानी उबालें।
2. बेसन में नमक, लाल मिर्च पाउडर व प्याज मिलाकर सख्त गूंध लें।
3. अब इसके लंबे-लंबे गट्टे बनाकर उबलते हुए पानी में डालें।
4. 10 मिनट बाद जब गट्टे तैयार हो जाएं, तब इनको पानी में से निकाल लें और पानी अलग रख लें।
5. गट्टों को आधा इंच मोटे टुकड़ों में काटकर लाल होने तक तल लें।
6. आधी कटोरी बेसन में दही व गट्टों का बचा हुआ पानी मिलाकर एकसार घोल तैयार करें। इसमें नमक, लाल मिर्च पाउडर, टाटरी तथा हल्दी मिलाएं।
7. एक बड़ी कड़ाही में 1 चम्मच घी गर्म करके उसमें हींग, मेथी, जीरा, लौंग व दालचीनी डालें। जब वह भुन जाए, तब उसमें बेसन का घोल डालें। अगर मिश्रण गाढ़ा लगे, तो उसमें और पानी डालकर मट्ठे जैसा पतला कर लें।
8. उबाल आने तक चलाएं। उसके बाद गट्टे डालकर 10 मिनट तक पकाएं।

नोट : परोसते समय स्वादानुसार सादा घी या लाल मिर्च वाला घी डालें। इच्छानुसार 2 या 3 हरी मिर्चें भी डाली जा सकती हैं।

चावल-पुलाव

चावल

सादा चावल

सामग्री:

चावल : 2 कटोरी
पानी : 4 कटोरी
नमक (ऐच्छिक) : 1 छोटा चम्मच
तेल या घी : 1 छोटा चम्मच

विधि:

1. चावल साफ करके पानी में भिगोने के लिए रख दें।
2. 1 घंटा बाद पतीले या कुकर में पानी निथारकर चावल डालें। उसमें 4 कटोरी पानी,नमक व तेल डालें तथा ढक्कन बंद करके सादा चावल तैयार करें।

नोट: इस प्रकार तैयार किया गया चावल सब्जी, रायता, दाल या कढ़ी-किसी के भी साथ खाया जा सकता है।

जीरा पुलाव

सामग्री:

चावल : 2 कटोरी
पानी : 4 कटोरी
जीरा : आधा छोटा चम्मच
गर्म मसाला : तीन चौथाई छोटा चम्मच
घी या तेल : 1 बड़ा चम्मच
नमक : 1 छोटा चम्मच
तेज पत्ते : 2-3

विधि:

1. साफ चावल को 2-3 बार पानी से धोएं। फिर भिगोने के लिए पानी में डाल दें।
2. लगभग 1 घंटा बाद चावल का पानी निथार लें।
3. कुकर या पैन या पतीले में घी या तेल गर्म करें। उसमें जीरा तथा तेजपत्ता डालें। जीरा चटकने पर चावल को उसमें थोड़ा चलाकर भूनें।
4. उसमें पानी, नमक व गर्म मसाला डालकर मिलाएं।
5. ढक्कन बंद करें। चावल गलने व पानी पूरी तरह से सूख जाने तक उसे मंद आंच पर रखे रहें।
6. जब चावल तैयार हो जाए, तब आंच बुझा दें तथा चावल को एक दम होने पर ढक्कन खोलें।

नोट: परोसने के समय भी इसमें जीरे की महक बरकरार रहेगी।

प्याजी पुलाव

सामग्रीः

चावल	*: 2 कटोरी*
पानी	*: 4 कटोरी*
प्याज	*: 3*
जीरा	*: आधा छोटा चम्मच*
नमक	*: 1 छोटा चम्मच*
गर्म मसाला	*: तीन चौथाई छोटा चम्मच*
मक्खन	*: 1 बड़ा चम्मच*
मलाई	*: 1 बड़ा चम्मच*

विधिः

1. प्याजों को छीलें। 1 प्याज को बारीक लच्छों के रूप में तथा शेष 2 को 4-4 टुकड़ों में काट लें। दोनों तरह के कटे प्याजों को अलग-अलग रखें।
2. चावल साफ करके धो लें और भिगोने के लिए पानी में डाल दें। उसे 1 घंटा बाद पानी में से निकालें।
3. पतीले या कुकर में 1 बड़ा चम्मच मक्खन गर्म करें। उसमें बारीक कटा प्याज भूरा होने तक तल लें। फिर निकाल लें।
4. शेष बचे मक्खन में जीरा डालकर चटकाएं। उसमें पानी निथारकर चावल डालें व भूनें।
5. पानी, नमक, गर्म मसाला व टुकड़ों में कटा प्याज डालकर पकाएं।
6. तैयार चावल में फैलाकर मलाई डालें तथा दम करें। फिर तला प्याज बुरककर परोसें।

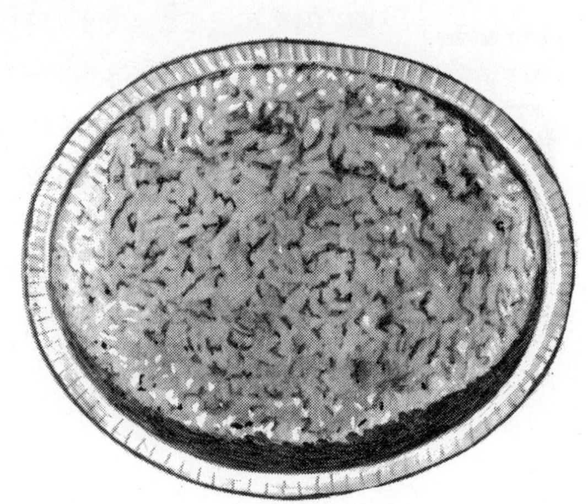

पुलाव दो प्याजालू

सामग्री:

प्याज	*: 3*
आलू	*: 2*
चावल	*: 2 कटोरी*
पानी	*: 4 कटोरी*
नमक	*: 1 छोटा चम्मच*
लाल मिर्च	*: आधा छोटा चम्मच*
गर्म मसाला	*: तीन चौथाई छोटा चम्मच*
हल्दी (ऐच्छिक)	*: एक चौथाई छोटा चम्मच*
काली गोल मिर्च	*: 1 छोटा चम्मच*
हरी मिर्च	*: 3-4*
लहसुन (ऐच्छिक)	*: 2-3*
अदरक	*: आधा इंच का टुकड़ा*
बारीक कटा हरा धनिया	*: 1 बड़ा चम्मच*
धनिया पाउडर	*: 1 बड़ा चम्मच*
तेल	*: 1 बड़ा चम्मच*

विधि:

1. अदरक व लहसुन को पीस लें।
2. चावल साफ करके धोएं और भिगोने के लिए पानी में डाल दें।
3. 1 प्याज को छीलकर बारीक काट लें। शेष 2 प्याजों को छीलकर 4-4 भागों में काटें।
4. आलू को छीलकर लंबाई के बल में 4-4 टुकड़े काट लें व पानी में भिगोएं। फिर पतीले या कुकर में गर्म तेल में उसे गुलाबी होने तक तलें।
5. शेष बचे तेल में साबूत गोलमिर्च चटकाएं। फिर बारीक कटा प्याज गुलाबी होने तक तलें। उसके बाद पिसा अदरक तथा लहसुन डालकर भूनें।
6. भुने पेस्ट में सूखे मसाले व एक चौथाई कटोरी पानी डालकर भूनें।
7. पानी से चावल निकालें व भूनें। फिर आलू, प्याज तथा हरी मिर्च के टुकड़े डालकर भूनें।
8. पानी डालें। फिर ढक्कन लगाकर आंच मंद कर दें।
9. जब वह तैयार हो जाए, तब राइस प्लेट में निकालें और हरे धनिये से सजाकर परोसें।

गोभी गुलो पुलाव

सामग्री:

फूलगोभी	*: 1*
प्याज	*: 2*
अदरक	*: 1 इंच का टुकड़ा*
तेजपत्ते	*: 3-4*
लहसुन	*: 3-4 फलियां*
चावल	*: 2 कटोरी*
पानी	*: 4 कटोरी*
साबूत गर्म मसाला (लौंग, काली मिर्च, जीरा व गोल सफेद मिर्च)	*: 1 बड़ा चम्मच*
बड़ी इलायची	*: 3-4*
नमक	*: 1 छोटा चम्मच*
गर्म मसाला	*: तीन चौथाई छोटा चम्मच*
लाल मिर्च	*: आधा छोटा चम्मच*
हल्दी	*: आधा छोटा चम्मच*
तेल	*: 2 बड़े चम्मच*

विधि:

1. चावल साफ करके धोएं और भिगोने के लिए पानी में डाल दें।
2. गोभी के 8 भाग कर लें।
3. गर्म तेल में गोभी को गुलाबी-गुलाबी तलें तथा निकाल लें।
4. बचे तेल में साबूत गर्म मसाला व तेजपत्ता कड़काएं तथा बारीक कटा प्याज भूनें।
5. अदरक व लहसुन पीस लें तथा गुलाबी प्याज में डालकर भूनें।
6. जब कच्चापन दूर हो जाए, तब सूखे मसाले एक चौथाई कटोरी पानी के साथ पकाएं व खूब भूनें।
7. भीगे चावल, गोभी व मसाले को अच्छी तरह से भूनें तथा गोभी को गला लें।
8. चावल से दुगुना पानी डालें व ढक्कन लगा दें। जब पुलाव पक जाए, तब उसे रायते या सादा दही व धनिये-मिर्च की खट्टी चटनी के साथ खाएं।

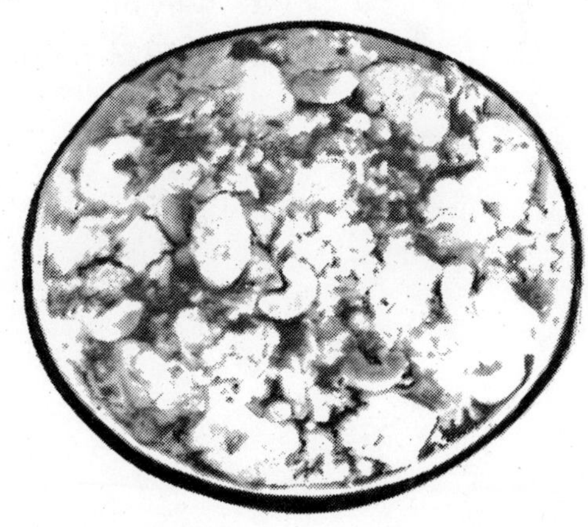

रानी (मटर) पुलाव

सामग्री:

ताजे हरे मटर	:	*2 कटोरी*
चावल	:	*2 कटोरी*
पानी	:	*साढ़े चार कटोरी*
बड़ी इलायची	:	*3*
छोटी इलायची	:	*3*
नमक	:	*1 छोटा चम्मच*
लाल मिर्च पाउडर	:	*आधा छोटा चम्मच*
हल्दी	:	*आधा छोटा चम्मच*
धनिया पाउडर	:	*1 छोटा चम्मच*
गर्म मसाला	:	*1 छोटा चम्मच*
तेल	:	*1 बड़ा चम्मच*

विधि:

1. चावल साफ करें, 2-3 बार पानी से धोएं और फिर भिगोने के लिए पानी में डाल दें।
2. गर्म तेल में दोनों प्रकार की इलायचियां चटकाएं।
3. एक चौथाई कटोरी पानी में सूखे मसाले पकाएं व पानी सूख जाने तक भूनें।
4. भुने मसाले में मटर डालकर भूनें। फिर एक चौथाई कटोरी पानी डालकर मटर गलाएं।
5. चावल भूनें। फिर पानी तथा हरी मिर्च के टुकड़े डालकर पकाएं। जब पक जाए, तब अचार तथा पापड़ के साथ परोसें।

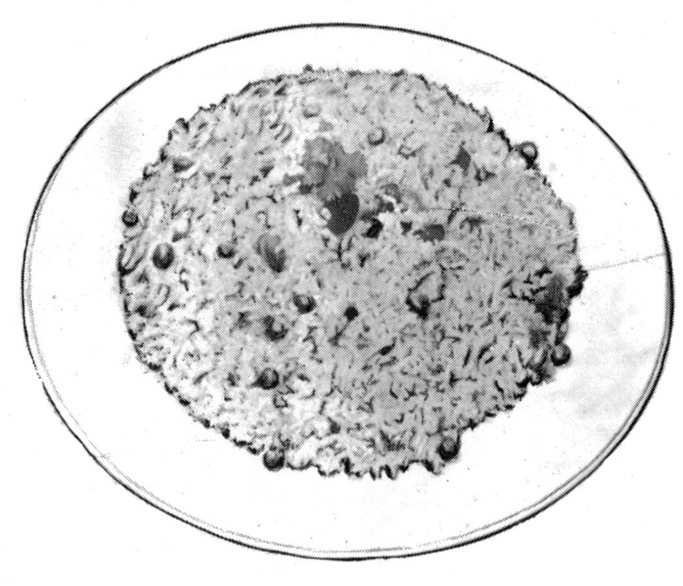

श्रीसब्ज पुलाव

सामग्री:

फूलगोभी के कटे फूल	*: 1 कटोरी*
ताजे नरम मटर	*: 1 कटोरी*
आलू	*: 1 (बड़ा)*
मलाई	*: आधा प्याला*
प्याज	*: 1 (बड़ा)*
तेजपत्ते	*: 3-4*
तेल	*: डेढ़ बड़ा चम्मच*
अदरक	*: 1 इंच का टुकड़ा*
काजू	*: आधा प्याला*
नमक	*: 1 छोटा चम्मच*
हल्दी	*: आधा छोटा चम्मच*
लाल मिर्च	*: आधा छोटा चम्मच*
गर्म मसाला	*: 1 छोटा चम्मच*
चावल	*: 2 कटोरी*

विधि:

1. अदरक के बारीक व लंबे टुकड़े काटें तथा काजू तलकर ब्राउन पेपर पर रखें।
2. चावल बीनें और धोकर भिगोने के लिए पानी में डाल दें।
3. पैन या पतीले या कुकर में तेल गर्म करें। फिर आलू व गोभी तलकर अलग निकाल लें।
4. लंबे प्याज काटकर तेल में गुलाबी तल लें। फिर मलाई डालकर रगड़ें। घी निकलने पर सूखे मसाले डालकर भूनें।
5. थोड़ा पानी डालकर मसाला पकाएं तथा मटर, आलू व गोभी डालकर गलाएं।
6. जब सब्जी गल जाए, तो चावल व दुगुना पानी डालकर चावल पकाएं।
7. तैयार पुलाव को दम होने के लिए रखें।
8. तले काजू तथा बारीक कटे अदरक सजाकर परोसें।

स्पेशल पनीरी पुलाव

सामग्री:

ताजा पनीर	*: 300 ग्राम*
किशमिश	*: आधी कटोरी*
चावल	*: 2 कटोरी*
प्याज	*: 1*
साबूत काली मिर्च	*: आधा बड़ा चम्मच*
नमक	*: 1 छोटा चम्मच*
गर्म मसाला	*: तीन चौथाई छोटा चम्मच*
कटा हरा धनिया	*: 1 बड़ा चम्मच*
कटी हरी मिर्च	*: आधा बड़ा चम्मच*
तेल	*: डेढ़ बड़ा चम्मच*

विधि:

1. 250 ग्राम पनीर को चौकोर छोटे टुकड़ों में काटें। शेष 50 ग्राम पनीर को कद्दूकस कर लें।
2. चावल साफ करके भिगोने के लिए रख दें।
3. प्याज को लंबे आकार में बारीक काटें।
4. गर्म तेल में पनीर को हलका-हलका तलकर 4 कटोरी पानी में छोड़ते जाएं।
5. शेष बचे तेल में गोल मिर्च चटकाएं तथा प्याज तलें।
6. नरम प्याज में चावल भूनें तथा पानी समेत पनीर डालें।
7. गर्म मसाला, नमक व किशमिश डालकर पुलाव तैयार करें। जब वह तैयार हो जाए, तो उसे उतारें और उस पर हरी मिर्च, हरा धनिया तथा कसा पनीर डालकर सर्व करें।

लोह पुलाव

सामग्री:

ताजा पालक	:	*500 ग्राम*
प्याज	:	*1 (बड़ा)*
लहसुन	:	*2 फलियां*
चावल	:	*2 कटोरी*
गाढ़ी मलाई	:	*आधी कटोरी*
काजू के तले टुकड़े	:	*एक चौथाई कटोरी*
तेल	:	*1 बड़ा चम्मच*
नमक	:	*तीन चौथाई छोटा चम्मच*
दूध	:	*डेढ़ कटोरी*

विधि:

1. चावल साफ करके धोएं और भिगोने के लिए पानी में डाल दें।
2. पालक को धोकर एकदम बारीक-बारीक काट लें।
3. पैन या कुकर में तेल गर्म करें। पिसा लहसुन व बारीक कटा प्याज उसमें डालकर गुलाबी करें।
4. अब इसमें मलाई को इतना भूनें कि यह घी छोड़ दे।
5. बारीक कटा पालक इसमें अच्छी तरह से मिलाएं। फिर ढक्कन लगाकर गला लें तथा खूब भूनकर पानी एकदम सुखा लें।
6. चावल डालकर भूनें। फिर ढाई कटोरी पानी, डेढ़ कटोरी दूध तथा नमक डालकर पकाएं।
7. थाली में परोसें, तले काजू से सजाएं, फिर सर्व करें।

पालक-पनीर पुलाव

सामग्री:

पिसा पालक : 250 ग्राम
पनीर : 100 ग्राम
चावल : 2 कटोरी
तेजपत्ते : 3-4
प्याज : ढाई (बड़े)
लहसुन : 3-4 फलियां
अदरक : 1 इंच का टुकड़ा
टमाटर : 1
नमक : डेढ़ छोटा चम्मच
हल्दी : आधा छोटा चम्मच
लाल मिर्च : तीन चौथाई छोटा चम्मच
धनिया : 1 छोटा चम्मच
गर्म मसाला : 1 छोटा चम्मच
नारियल (कसा हुआ) : आधी कटोरी
छोटी इलायची : 3-4
कद्दूकस किया हुआ अमूल चीज : आधी कटोरी
तेल : डेढ़ बड़ा चम्मच

विधि:

1. प्याज को छीलकर लंबे व पतले रूप में काट लें। टमाटर को भी बारीक व छोटा काट लें। आधी कटोरी प्याज अलग कर लें।
2. अदरक व लहसुन को महीन पीस लें।
3. गर्म तेल में तेजपत्ता तथा छोटी इलायची चटकाएं। फिर पिसा अदरक, लहसुन तथा कटा प्याज भूनें।
4. भुने मिश्रण में सूखा मसाला आधी कटोरी पानी के साथ भूनें। फिर उसमें बारीक कटा टमाटर भूनें।
5. पिसा पालक डालकर अच्छी तरह पकाएं।
6. थोड़े तेल में पनीर तलकर पानी में भिगो दें। चावल भी साफ करके धोएं और भिगो दें। बचे प्याज को (पनीर तलने से बचे) तेल में तलकर अलग करें।
7. जब पालक का कच्चापन दूर हो जाए, तब पनीर व चावल डालकर भूनें।
8. पनीर पानी को नाप लें। आवश्यकतानुसार उसमें और पानी डालकर (तैयार मिश्रण में बीच की दो उंगलियां डालकर देखें। बीच वाली लाइन तक पानी की मात्रा आ जाए, तब समझें कि पुलाव बहुत अच्छा बनेगा) पुलाव पकाएं। फिर नारियल, चीज तथा तला प्याज डालें व परोसें।

लाल टमाटरी पुलाव

सामग्रीः

लाल टमाटर	:	*250 ग्राम*
प्याज	:	*1 (बड़ा)*
बड़ी इलायची	:	*3-4*
चावल	:	*2 कटोरी*
बादाम	:	*7-8*
अदरक	:	*आधा इंच का टुकड़ा*
गर्म मसाला	:	*तीन चौथाई छोटा चम्मच*
नमक	:	*1 छोटा चम्मच*
काली मिर्च	:	*आधा छोटा चम्मच*
हल्दी	:	*1 छोटा चम्मच*
धनिया	:	*1 छोटा चम्मच*
तेल	:	*1 बड़ा चम्मच*
बारीक कटा हरा धनिया	:	*1 बड़ा चम्मच*
मक्खन	:	*50 ग्राम*

विधिः

1. टमाटरों को धोकर गर्म पानी में 2 मिनट तक उबालें। फिर उन्हें छीलकर मसल लें तथा एकसार कर लें।
2. चावल धोकर भिगोने के लिए पानी में डाल दें।
3. प्याज बारीक काट लें तथा अदरक मिला लें।
4. बीच से आधे किए बादाम को तेल में तल लें।
5. तेल में बड़ी इलायची चटकाएं। फिर प्याज व अदरक भूनें। जब वे गुलाबी-गुलाबी हो जाएं, तब नमक व मसाले डालकर भूनें।
6. जब मसालों का कच्चापन दूर हो जाए, तब टमाटर डालकर खूब भूनें।
7. अब चावल भूनें तथा दुगुना पानी डालकर पुलाव को उबलने के लिए रखें।
8. जब हलकी-सी कसर रह जाए, तब मक्खन मिलाएं और पकाएं। जब पुलाव तैयार हो जाए, तो ढक्कन बंद करके पुलाव को दम करें।
9. बादाम व कटा हरा धनिया डालें। फिर परोसें।

शुभ्रा पुलाव

सामग्री:

मक्खन	*: 50 ग्राम*
कद्दूकस किया पनीर	*: 100 ग्राम*
टमाटर	*: 250 ग्राम*
चावल	*: 2 कटोरी*
टमाटो केअचप	*: 2 बड़े चम्मच*
चीनी	*: आधा छोटा चम्मच*
छोटी इलायची	*: 3-4*
पतली क्रीम	*: 1 प्याला*
नमक	*: डेढ़ छोटा चम्मच*
काली मिर्च	*: तीन चौथाई छोटा चम्मच*
आलू के चिप्स	*: थोड़े-से*
चिरौंजी व किशमिश	*: एक चौथाई कटोरी*

विधि:

1. टमाटरों को मिक्सी में पीसकर छान लें। उसमें नमक, काली मिर्च, चीनी व क्रीम मिला लें।
2. इस पूरे मिश्रण को नापकर देखें कि 4 कटोरी है या नहीं। यदि कुछ कम हो, तो पूरा करने के लिए पानी मिलाएं।
3. मक्खन गर्म करें। उसमें छोटी इलायची चटकाएं व भीगे चावल भूनें।
4. भूने चावल में टमाटर-रस मिश्रण डालकर पकाएं। जब पानी कम होने लगे, तो टमाटर केअचप, पनीर, किशमिश तथा चिरौंजी डालकर मिलाएं।
5. पुलाव तैयार होने पर उसको दम करें। फिर परोसकर आलू के करारे चिप्स से सजाएं और मेहमानों के सामने पेश करें।

श्वेतांबर पुलाव

विधि:

1. चावल साफ करके धोएं तथा भिगोने के लिए पानी में रख दें। एक घंटे बाद उसे पानी में से निकाल लें।
2. दही को मथ या बिलो लें।
3. गर्म तेल में मूंगफली के दानों को तल लें।
4. आधे बड़े चम्मच तेल में चावल भूनकर दुगुना पानी और नमक की आधी मात्रा डालकर रखें तथा पकाएं। ध्यान रहे कि एकदम सूखा न पकाएं।
5. शेष तेल में सरसों व करी पत्ता कड़काएं तथा दही में नमक मिलाकर छौंक दें (कड़काएं नहीं)।
6. ठंडे चावल में छौंका दही डालकर हलके हाथों से मिलाएं।
7. परोसने के बाद तली मूंगफली व अनार के लाल दाने ऊपर से डालें। फिर पेश करें।

सामग्री:

गाढ़ा दही मोटा	*: 250 ग्राम*
सरसों दाना	*: 1 छोटा चम्मच*
चावल	*: 2 कटोरी*
नमक	*: डेढ़ छोटा चम्मच*
करी पत्ता	*: 5-6*
तेल	*: 1 बड़ा चम्मच*
मूंगफली दाना	*: आधी कटोरी*
अनार के लाल दाने	*: आधी कटोरी*

चस्का पुलाव

सामग्री:

नीबू	*: 4*
पतली क्रीम	*: 1 प्याला*
पिसी चीनी	*: 1 छोटा चम्मच*
नमक	*: 1 छोटा चम्मच*
काली मिर्च	*: आधा छोटा चम्मच*
किशमिश व कटे बादाम	*: एक चौथाई कटोरी*
चावल	*: 2 कटोरी*
देसी घी	*: डेढ़ छोटा चम्मच*
काली मिर्च	*: 4-5*
तले हुए फ्रायम्स	*: थोड़े-से*

विधि:

1. क्रीम में चीनी तथा नीबुओं का रस मिलाएं।
2. गर्म घी में साबूत मिर्च चटकाएं तथा भीगे चावल भूनें।
3. दुगुना पानी, नमक व काली मिर्च डालकर चावल तैयार करें।
4. नीबू-रस मिली क्रीम डालें व मेवे डालकर अच्छी तरह मिलाएं।
5. ढककर मंद आंच पर 2-3 मिनट तक रखें। फिर उतारकर परोसें और फ्रायम्स लगाकर पेश करें।

राजसी पुलाव

विधि:

1. गर्म मक्खन में चावल भूनें। फिर नमक, गर्म मसाला व दुगुना पानी डालकर पकाएं।
2. एक बेकिंग डिश या डोंगे में सबसे नीचे चावल की एक परत लगाएं। उसके ऊपर पनीर प्यूरी, उसके ऊपर चावल, उसके ऊपर पाइनैपल क्रीम, उसके ऊपर चावल तथा सबसे ऊपर मेवा रखें। उसके ऊपर चावल की पतली परत लगाएं तथा ऊपर से कद्दूकस किया हुआ चीज फैलाकर व अच्छी तरह से चिपकाकर गर्म ओवन या पतीले में दम करें।
3. बाहर निकालें। 1 बड़ा चम्मच मेवा व हरा धनिया बुरकें तथा परोसें।

नोट: 1. पनीर प्यूरी तैयार करने के लिए घी में प्याज-जीरा भूनें। उसमें 1 बड़े टमाटर का गूदा डालें तथा कद्दूकस किया पनीर डालकर अच्छी तरह से रगड़ें। नमक व काली मिर्च डालें तथा पनीर प्यूरी तैयार करें।

2. परोसने के समय इस प्रकार काटें कि प्रत्येक परत बराबर कटे।

सामग्री:

मिले-जुले तले मेवे : 1 कटोरी
पनीर प्यूरी : 1 कटोरी
अनन्नास के बारीक टुकड़े : 1 कटोरी
आधी कटोरी क्रीम में मिले हुए (भीगे)
चावल : 2 कटोरी
मक्खन : 1 बड़ा चम्मच
नमक : 1 छोटा चम्मच
गर्म मसाला : आधा छोटा चम्मच
कटा हरा धनिया : थोड़ा-सा
अमूल चीज : 1 कटोरी

कोल्ड पुलाव

सामग्री:

नमकीन उबले चावल	*: 2 कटोरी*
बूंदी का रायता	*: 3 कटोरी*
पुदीना पाउडर	*: 1 छोटा चम्मच*
भुने जीरे का पाउडर	*: आधा छोटा चम्मच*
जीरा	*: एक चौथाई छोटा चम्मच*
देसी घी	*: आधा छोटा चम्मच*
बारीक कटा हरा धनिया	*: 1 बड़ा चम्मच*
बारीक कटे चौकोर प्याज	*: एक चौथाई कटोरी*
बारीक चौकोर टमाटर	*: एक चौथाई कटोरी*
हरा मिर्च	*: 2-3*

विधि:

1. चावल को हाथ से थोड़ा फैला लें।
2. बूंदी के रायते में बारीक कटा प्याज, टमाटर, हरी मिर्च, हरा धनिया, पुदीना व जीरा मिलाएं।
3. इस रायते को आधी कटोरी पानी में मिलाकर थोड़ा पतला करें।
4. 1 कटोरी गर्म देसी घी में जीरा चटकाएं तथा इस छौंक को रायते में डालकर अच्छी तरह से मिलाएं।
5. इस पूरे रायते को फैलाए हुए चावल में डालें तथा हलके हाथ से फैलाकर मिलाएं।
6. इस रायता पुलाव को ठंडा करने के लिए रखें, फिर परोसें।

मोती पुलाव

सामग्रीः

मोतियों के लिए–

उबले आलू	*: 3*
कद्दूकस किया पनीर	*: 1 कटोरी*
हरी मिर्च	*: 3-4*
नमक	*: तीन चौथाई छोटा चम्मच*
लाल मिर्च	*: आधा छोटा चम्मच*
तेल (तलने के लिए)	*: पर्याप्त मात्रा में*

पुलाव के लिए–

चावल	*: 2 कटोरी*
प्याज	*: 1 (बड़ा)*
जीरा	*: एक चौथाई छोटा चम्मच*
नमक	*: 1 छोटा चम्मच*
गर्म मसाला	*: तीन चौथाई छोटा चम्मच*
तेल	*: आधा बड़ा चम्मच*

हरा धनिया, टमाटर व गाजर (सजाने के लिए) पर्याप्त मात्रा में

विधिः

1. उबले आलू में पनीर, नमक, लाल मिर्च तथा हरी मिर्च डालकर मसलें।
2. गर्म तेल में मिश्रण की छोटी-छोटी गोलियां तलें।
3. चावल धोकर भिगो लें।
4. तेल में हींग तथा जीरा डालें व लंबा कटा प्याज डालकर पुलाव तैयार करें।
5. नमक व गर्म मसाला डालें। फिर चावल तथा पानी डालकर पुलाव तैयार करें।
6. परोसने के समय गर्मागर्म पुलाव तश्तरी में निकालें। ऊपर से तली गोलियां डालें व ऊपर-नीचे कर लें।
7. वारीक कटी लंबी गाजरों व हरे धनिए से सजाकर शानदर मोती पुलाव परोसें।

सूप पुलाव

सामग्री:

कटी पत्तागोभी	*: 1 प्याला*
कटा टमाटर	*: 1 प्याला*
कटी गाजर	*: 1 प्याला*
कटा पालक	*: 1 प्याला*
कटा चुकंदर	*: एक चौथाई प्याला*
कटी लौकी	*: 1 प्याला*
पानी	*: 6 प्याले*
चावल	*: 2 कटोरी*
नमक	*: 1 छोटा चम्मच*
काली मिर्च	*: तीन चौथाई छोटा चम्मच*
कसी हुई चीज	*: आधा प्याला*
भुनी मूंगफली	*: आधा प्याला*
मक्खन	*: 1 छोटा चम्मच*
लौंग	*: 3-4*

विधि:

1. कुकर में सारी कटी सब्जियां, नमक, काली मिर्च तथा पानी डालकर लगभग 15 मिनट तक पकाएं।
2. एक अलग पतीले या कुकर में मक्खन गर्म करें। उसमें लौंग चटकाएं तथा छलनी द्वारा छानकर सूप छौंकें।
3. उसे 5 मिनट तक उबलने दें। फिर उसमें 1 प्याला चीज तथा भीगे चावल डालकर पुलाव तैयार करें।
4. उसमें भुनी मूंगफली डालें। फिर सलाद तथा चटनी के साथ परोसें।

जौ का पुलाव

सामग्री:

पानी	*: 3 प्याले*
जौ (टीन वाला)	*: 1 प्याला*
नीबू का रस	*: 2 बड़े चम्मच*
लहसुन	*: 2 फलियां*
तेल	*: 1 बड़ा चम्मच*
मटर	*: 250 ग्राम*
टुकड़ों में कटा (तला) मशरूम	*: 1 प्याला*
सोया सॉस	*: 1 बड़ा चम्मच*
हरा प्याज	*: 1*
नमक	*: 1 छोटा चम्मच*
काली मिर्च	*: आधा छोटा चम्मच*

विधि:

1. एक सॉस पैन में पानी, नमक, जौ, नीबू का रस व लहसुन डालें और जौ के गलने तक तथा पानी के सूखने तक उबालते रहें।
2. गले हुए जौ को रातभर ठंडक में रखें, ढकें नहीं।
3. एक अलग पैन में तेल गर्म करें। उसमें गले जौ डालकर हिलाएं। फिर मटर व तले मशरूम डालकर हिलाएं।
4. कुल मिश्रण पर सोया सॉस, नमक व काली मिर्च डालकर मंद आंच पर पकाएं।
5. हरे प्याज के टुकड़े डालें व गर्मागर्म पुलाव सॉस के साथ परोसें।

मक्खनी चीज पुलाव

सामग्री:

कद्दूकस की हुई चीज	*: डेढ़ प्याला*
मक्खन	*: आधा प्याला*
चावल	*: 2 कटोरी*
प्याज	*: 1 (बड़ा)*
नमक	*: 1 छोटा चम्मच*
गर्म मसाला	*: तीन चौथाई छोटा चम्मच*
तले काजू व बादाम	*: आधा प्याला*
दूध	*: 1 प्याला*

विधि:

1. प्याज को चौकोर काट लें व 1 बड़े चम्मच मक्खन में गुलाबी कर लें।
2. शेष मक्खन को जमाकर उसको कस लें।
3. गुलाबी प्याज में चावल (भीगे) भूनें तथा 1 प्याला दूध व 3 प्याले पानी डालकर पकाएं।
4. नमक, गर्म मसाला, कसा मक्खन तथा 1 प्याला कसी चीज डालकर पुलाव पकाएं।
5. आंच मंद करें। शेष चीज पुलाव पर बुरककर आंच बुझा दें तथा ढक्कन बंद करके चावल को दम करें।
6. तले काजू, बादाम व गुलाबी भुने प्याज बुरककर शानदार पुलाव परोसें।

जूस पुलाव

सामग्री:

मिले-जुले फलों का रस	*: 3 कटोरी*
चावल	*: 2 कटोरी*
काली मिर्च (पिसी)	*: आधा छोटा चम्मच*
नमक	*: 1 छोटा चम्मच*
तेल या घी	*: आधा बड़ा चम्मच*
लौंग	*: 3-4*
बारीक कटा हरा धनिया	*: 1 बड़ा चम्मच*
भुने काजू के टुकड़े	*: 2 (बड़े)*
ताजा क्रीम या मलाई	*: 1 प्याला*

विधि:

1. फलों के रस में नमक तथा काली मिर्च मिलाएं।
2. गर्म तेल में लौंग चटकाएं।
3. चावल भूनें। फिर 1 कटोरी पानी में जूस मिलाकर चावल में डालें।
4. पुलाव तैयार करें व थोड़ा ठंडा हो जाने पर क्रीम में मिलाएं।
5. सर्विंग प्लेट में पुलाव परोसें तथा हरा धनिया व काजू के टुकड़ों से सजाकर सर्व करें।

रोज रॉयल पुलाव

सामग्री:

सूखी खूबानी	*: 4-5*
अंजीर	*: 4-5*
खजूर	*: 4-5*
आलूबुखारे का गूदा	*: 1 प्याला*
चीनी	*: डेढ़ बड़ा चम्मच*
सिरका	*: एक चौथाई प्याला*
चावल	*: 2 प्याले*
दूध	*: 2 प्याले*
केसर	*: 3-4 धागे*
गाढ़ी मलाई	*: 1 प्याला*
गर्म मसाला	*: तीन चौथाई छोटा चम्मच*
नमक	*: 1 छोटा चम्मच*
तेल	*: 1 बड़ा चम्मच*
गुलाब की पत्तियां	*: आधा प्याला*

विधि:

1. दूध में केसर मिलाएं। उसमें लंबाई में बारीक कटी खूबानी, अंजीर व खजूर 4 घंटे तक भिगोए रखें।
2. सिरका व चीनी डालकर पकाएं। उसे आलूबुखारे के गूदे में मिलाकर पकाएं और सॉस तैयार करें।
3. गर्म तेल में चावल भूनें तथा दूध-मिश्रण, शेष पानी, नमक और गर्म मसाला डालकर चावल तैयार करें।
4. गुलाब की पत्तियां धोकर चावल में मिलाएं और ढककर चावल दम करें।
5. तश्तरी में पुलाव परोसें। मलाई व आलूबुखारा सॉस डालकर रोज रॉयल पुलाव सर्व करें।

फ्रूट वैज राइस

सामग्री:

पके आम	*: 2*
खरबूज	*: 1 (छोटा)*
ताजा कच्चा मटर	*: आधा प्याला*
शिमला मिर्च	*: 2*
टमाटर	*: 2*
लहसुन की फलियां	*: 2*
प्याज	*: 2*
चावल	*: 1 प्याला*
दूध	*: 2 प्याले*
संतरे का रस	*: 1 बड़ा चम्मच*
नीबू का रस	*: 1 छोटा चम्मच*
नमक	*: 1 छोटा चम्मच*
मक्खन	*: 2 बड़े चम्मच*
काली मिर्च	*: आधा छोटा चम्मच*

विधि:

1. फलों व सब्जियों के टुकड़े काट लें।
2. प्याज को बारीक काट लें। मक्खन गर्म करें व प्याज तथा लहसुन को भूनकर गुलाबी करें।
3. शिमला मिर्च, नमक व काली मिर्च डालकर चलाएं। फिर नीबू का रस डालें।
4. आंच से उतार लें व उसमें संतरे का रस डालें।
5. चावल को दूध में हलके नमक के साथ पकां लें।
6. मक्खन-मिश्रण व फलों को चावल के साथ हलके-हलके मिलाएं। फिर उसे परोसें।

शहद पुलाव

सामग्री:

शहद	*: आधा प्याला*
चावल	*: 2 कटोरी*
पके केले	*: 4*
नीबू	*: 2*
अदरक	*: 1 इंच का टुकड़ा*
सूखी किशमिश	*: एक चौथाई प्याला*
नमक	*: चुटकीभर*
छोटी इलायची	*: 4*
घी	*: 1 बड़ा चम्मच*

विधि:

1. साफ चावल को धोकर पानी में डाल दें।
2. केले के टुकड़े करें और उन पर नीबू का रस डालें।
3. चावल भूनें। 4 कटोरी पानी में अदरक का रस मिलाकर चावल में डालें।
4. पतीले या कुकर में घी गर्म करें। उसमें छोटी इलायची डालकर चटकाएं।
5. उबलते चावल में किशमिश डालें। जब पुलाव लगभग तैयार होने लगे, तब धीरे-धीरे शहद डालें व खिला-खिला तैयार करें।
6. नीबू के रस समेत केले के टुकड़े हलके हाथों से चावल में मिलाएं। फिर परोसें।

नारियल पुलाव

सामग्री:

कच्चा नारियल	*: 1*
नीबू	*: 2*
चीनी	*: 1 बड़ा चम्मच*
चावल	*: 2 कटोरी*
छोटी इलायची	*: 3-4*
धनिया	*: 1 बड़ा चम्मच*
हरा पुदीना	*: 1 बड़ा चम्मच*
तेल	*: आधा बड़ा चम्मच*

विधि:

1. चावल को पानी में भिगो दें। फिर साफ करके धोएं।
2. नारियल से कुल पानी या मलाई निकाल लें तथा सफेद भाग को कद्दूकस कर लें।
3. बारीक कटा हरा धनिया व बारीक कटा पुदीना नारियल के पानी में मिलाएं।
4. गर्म तेल में इलायची डालें तथा चावल छौंक दें। 4 कटोरी पानी में चावल को 1 कनी रहने तक पकाएं।
5. नारियल पानी, नीबू का रस तथा चीनी डालें व पूरा पुलाव पका लें।
6. सफेदी मिलाकर पुलाव परोसें।

नूरी रंगीला पुलाव

विधि:

1. चुकंदर काटकर पानी में उबाल लें। जब पानी का रंग लाल हो जाए, तब टुकड़े निकाल लें।
2. पालक उबालकर पीस लें व हरा पेस्ट या घोल तैयार कर लें।
3. चावल साफ करके 4 भाग कर लें व अलग-अलग भिगो दें।
4. 4 अलग-अलग बर्तनों में थोड़ा-थोड़ा तेल व जीरा डालकर चटकाएं। पहले में पालक वाले हरे चावल, दूसरे में चुकंदर वाले लाल चावल, तीसरे में हल्दी वाले पीले चावल तथा चौथे में सफेद चावल पकाकर तैयार करें। इसमें नमक और गर्म मसाला डालें।
5. प्रत्येक प्रकार के चावल पुलाव में 1-1 मेवा डालें व सजाकर रंगीला पुलाव मेहमानों के आगे पेश करें।

सामग्री:

पालक	*: 250 ग्राम*
चुकंदर	*: 1*
चावल	*: 2 कटोरी*
जीरा	*: 1 छोटा चम्मच*
नमक	*: 1 छोटा चम्मच*
गर्म मसाला	*: 1 छोटा चम्मच*
काजू	*: 7-8*
किशमिश	*: 7-8*
बादाम	*: 7-8*
नारियल	*: 1 इंच का टुकड़ा*
हल्दी	*: चुटकीभर*
तेल	*: 1 बड़ा चम्मच*

कटहल का पुलाव

सामग्री:

छिला कटहल	*: 250 ग्राम*
प्याज	*: 2*
लहसुन	*: 3-4 फलियां*
अदरक	*: 1 इंच का टुकड़ा*
हरी मिर्च	*: 3-4*
चावल	*: 2 कटोरी*
तेजपत्ते	*: 3-4*
नमक	*: डेढ़ छोटा चम्मच*
गर्म मसाला	*: 1 छोटा चम्मच*
लाल मिर्च	*: आधा छोटा चम्मच*
हल्दी	*: आधा छोटा चम्मच*
तेल	*: 2 बड़े चम्मच*
बड़ी इलायची	*: 3-4*

विधि:

1. गर्म तेल में कटहल के टुकड़े तल लें। फिर बाहर निकाल लें।
2. शेष बचे तेल में बड़ी इलायची तथा तेजपत्ता डालकर कड़काएं। फिर चौकोर व बारीक कटा प्याज, पिसा अदरक, पिसा लहसुन तथा पिसी हरी मिर्च भूनें।
3. भुने मिश्रण में सारे मसाले डालकर भूनें तथा एक चौथाई कटोरी पानी डालकर पकाएं।
4. तैयार मसालों में कटहल डालकर भूनें। उसमें आधी कटोरी पानी डालें तथा सीटी लगाकर कटहल गला लें।
5. तैयार गाढ़े कटहल में चावल व पानी (आवश्यकता-नुसार) डालकर पुलाव तैयार करें।

जर्दा पुलाव

विधि:

1. दूध में केसर व चीनी घोल लें।
2. 2 घंटे पहले चावल को पानी में भिगो दें।
3. पतीले में देसी घी गर्म करें, पिसी इलायची डालें तथा किशमिश व केसर वाला दूध छौंक दें।
4. चावल को एक कनी रहने तक पका लें व उसका पानी निकाल दें।
5. छौंके गए दूध में चावल डालें व मंद आंच पर खिला चावल तैयार करें।
6. नीबू का रस डालकर हलके हाथों से मिलाएं।
7. बादाम, काजू तथा ऑरेंज ड्रॉप्स के टुकड़े डालकर परोसें।

सामग्री:

चावल : 2 कटोरी
दूध : 1 कटोरी
देसी घी : 1 बड़ा चम्मच
छोटी इलायची: 3-4
किशमिश, बादाम व काजू : आधा प्याला
चीनी : तीन चौथाई प्याला
ऑरेंज ड्रॉप्स (गोलियां) : 4-5
नीबू : आधा
केसर धागे : 3-4

ऑरेंज पुलाव

विधि:

1. 2 छिले संतरों का रस निकाल लें। उसमें नीबू का रस तथा चीनी मिला लें।
2. चावल को 2 घंटे तक भिगोए रखें।
3. गर्म तेल या घी में चावल को भून लें। नमक व काली मिर्च डालें तथा साढ़े तीन कटोरी पानी डालकर चावल पकाएं।
4. तैयार चावल में संतरे का रस डालें व मंद आंच पर एकदम करें।
5. संतरे के रेशे तैयार चावल में मिलाएं।
6. परोसकर काजू व नारियल से सजाएं। फिर ताजा क्रीम डालकर सर्व करें।

सामग्री:

संतरे : 3
पिसी चीनी : 1 बड़ा चम्मच
ताजा क्रीम : 2 बड़े चम्मच
घी या तेल : आधा बड़ा चम्मच
चावल : 2 कटोरी
नमक : 1 छोटा चम्मच
काली मिर्च : आधा छोटा चम्मच
कसा ताजा नारियल : 1 बड़ा चम्मच
काजू : 6-7
नीबू : आधा

पाइनैपल पुलाव

सामग्री:

कॉर्न फ्लोर	*: 2 बड़े चम्मच*
मक्खन	*: डेढ़ बड़ा चम्मच*
पाइनैपल जूस (ताजा)	*: 1 प्याला*
पाइनैपल के बारीक टुकड़े	*: 2 प्याले*
सादा पके चावल	*: 2 कटोरी*
चीनी	*: 1 छोटा चम्मच*
काली मिर्च	*: आधा छोटा चम्मच*
नमक	*: तीन चौथाई छोटा चम्मच*
नरम कच्चा मटर	*: आधी कटोरी*
केले	*: 2*
टोमेटो केचअप	*: 1 बड़ा चम्मच*

विधि:

1. क्रीम में टोमेटो केचअप, केलों के छोटे गोल टुकड़े तथा मटर डालें।
2. गर्म मक्खन में कॉर्न फ्लोर भूनें तथा मंद आंच पर धीरे-धीरे चलाते हुए गाढ़ी सॉस तैयार करें।
3. इस सॉस में चीनी, काली मिर्च व नमक डालें।
4. एक पैन में थोड़ा-सा मक्खन लगाकर 1 कटोरी सादा चावल बिछाएं।
5. उसके ऊपर पाइनैपल सॉस तथा डेढ़ प्याला पाइनैपल टुकड़े व उसके ऊपर शेष चावल बिछाएं। सबसे ऊपर क्रीम-मिश्रण तथा पाइनैपल के बचे टुकड़े डालें। उसे पहले से गर्म ओवन में 10 मिनट तक रखें, फिर परोसें।

मक्खनी मखाना पुलाव

सामग्री:

फूल मखाने	*: 2 कटोरी*
पनीर	*: 50 ग्राम*
प्याज	*: 2 (छोटे)*
चावल	*: 2 कटोरी*
मलाई	*: 1 प्याला*
जावित्री, बड़ी इलायची व जीरा	*: एक चौथाई प्याला*
तेल या घी	*: ढाई बड़े चम्मच*
नमक	*: 1 छोटा चम्मच*
हल्दी	*: आधा छोटा चम्मच*
लाल मिर्च	*: आधा छोटा चम्मच*
खड़ा गर्म मसाला	*: तीन चौथाई छोटा चम्मच*

विधि:

1. चावल को साफ करके भिगो दें।
2. कुकर में गर्म तेल में मखानों को करारा तलकर निकाल लें।
3. बचे तेल में गर्म मसाला चटकाएं तथा प्याज भूनें।
4. भुने प्याज में मसाला व थोड़ा पानी डालें तथा पकाएं।
5. तैयार मसाले में चावल भूनें व दुगुना पानी डालकर पकाएं।
6. आधी कटोरी मखाने (तले हुए) अलग करके दरदरा पीस लें व पनीर कद्दूकस कर लें।
7. जब चावल में एक कनी रह जाए, तब उसमें मलाई, पनीर व मखानों की परतें लगाएं।
8. जब पुलाव दम हो जाए, तब दरदरे पिसे मखाने डालकर परोसें।

शाही शोख पुलाव (मेवादार)

सामग्री:

बारीक कटे खजूर	*: आधा प्याला*
बारीक कटी खूबानी	*: आधा प्याला*
बारीक कटे बादाम, तले काजू, मुनक्का, चोरों मग्ज व तले मखाने	*: सवा प्याला (बराबर-बराबर)*
हरी इलायची	*: 3-4*
बासमती चावल	*: 2 कटोरी*
नमक	*: डेढ़ छोटा चम्मच*
गर्म मसाला	*: 1 छोटा चम्मच*
लाल मिर्च	*: तीन चौथाई छोटा चम्मचं*
दूध	*: 2 कटोरी*
तेल या घी	*: 1 बड़ा चम्मच*

विधि:

1. दूध में खजूर, खूबानी व मुनक्का लगभग 2 घंटे तक भिगोए रखें।
2. चावल को भी साफ करके पानी में भिगोएं।
3. शेष गर्म तेल में चारों मग्ज तल लें।
4. गर्म तेल में इलायची चटकाएं। फिर चावल भूनें।
5. दूध वाला मिश्रण तथा 2 कटोरी पानी डालें। नमक, लाल मिर्च व गर्म मसाला डालकर चावल पकाएं।
6. तैयार पुलाव में चारों मग्ज, काजू, बादाम व मखाने मिलाकर परोसें।

रौनकी पुलाव

विधि:

1. कुकर में गर्म तेल में सारे खड़े गर्म मसाले तथा तेजपत्ता डालकर चटकाएं।
2. भीगे चावल को भूनें। फिर दुगुना पानी, नमक तथा लाल मिर्च डालकर इसे पकाएं।
3. जब एक कनी के लगभग रह जाए, तब हरी मिर्च व मलाई डालकर दम करें।
4. कटी गाजर, पत्तागोभी व टमाटरों से सजाकर इसे मेहमानों के आगे पेश करें।

सामग्री:

बासमती चावल	*: 2 कटोरी*
गाजर	*: 1*
पत्तागोभी	*: आधी*
लाल सख्त टमाटर	*: 3 (बड़े)*
हरी मिर्च	*: 2-3*
तेजपत्ते	*: 3-4*
काली मिर्च, लौंग, जीरा, बड़ी इलायची व दालचीनी	*: एक चौथाई प्याला*
नमक	*: 1 छोटा चम्मच*
लाल मिर्च	*: आधा छोटा चम्मच*
गाढ़ी मलाई	*: आधा प्याला*
तेल या घी	*: 1 बड़ा चम्मच*

आम्रपाली पुलाव

सामग्री:

चावल	*: 2 कटोरी*
पके मीठे-खट्टे आम	*: 3*
लौंग	*: 3-4*
छोटी इलायची	*: 3-4*
मलाई	*: आधी कटोरी*
किशमिश	*: 1 बड़ा चम्मच*
नमक	*: 1 छोटा चम्मच*
काली मिर्च	*: एक चौथाई छोटा चम्मच*
तेल या घी	*: 1 छोटा चम्मच*

विधि:

1. पुलाव बनाने से 1 घंटा पहले चावल को धोकर पानी में रख दें।
2. 2 आमों को दबाकर उनका गूदा व रस निकाल लें तथा अच्छी तरह से मथ लें।
3. एक आम को छोटे-छोटे टुकड़ों में काटें।
4. गर्म तेल में लौंग तथा इलायची डालकर चटकाएं।
5. अब इसमें आम का मथा गूदा तथा मलाई मिलाकर डालें व मलाई से घी निकालने तक भूनें।
6. इस भुने आम में चावल, पानी, किशमिश, नमक तथा काली मिर्च डालकर मंद आंच पर पकाएं।
7. तैयार पुलाव में आम के टुकड़े मिलाएं, फिर परोसें।

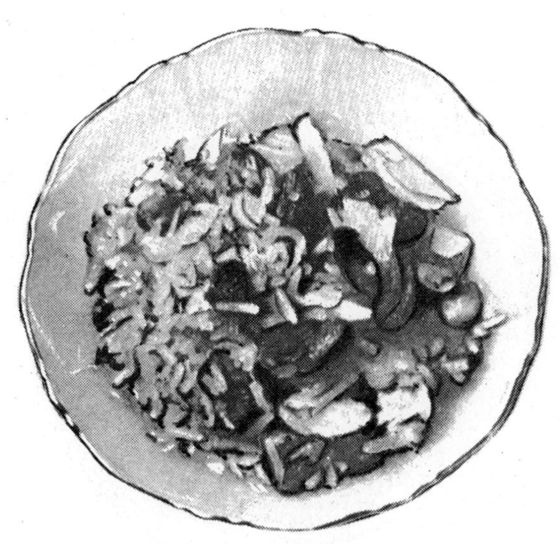

हरियाला हरा पुलाव

सामग्री:

हरा छोलिया	*: 250 ग्राम*
प्याज	*: 1 (बड़ा)*
लहसुन	*: 3-4 फलियां*
अदरक	*: 1 इंच का टुकड़ा*
बासमती चावल	*: 2 कटोरी*
बड़ी इलायची	*: 3-4*
नमक	*: 1 छोटा चम्मच*
लाल मिर्च	*: डेढ़ छोटा चम्मच*
गर्म मसाला (सजाने के लिए)	*: 1 छोटा चम्मच*
तेल	*: 1 बड़ा चम्मच*

विधि:

1. चावल को साफ करके धोएं और भिगोने के लिए पानी में डाल दें।
2. प्याज को छोटे व चौकोर टुकड़ों में काट लें।
3. लहसुन व अदरक को बारीक पीसें।
4. कुकर में गर्म तेल में इलायची चटकाएं तथा प्याज को गुलाबी करें।
5. भुने प्याज में अदरक और लहसुन भूनें तथा मसाले भूनकर उसमें हरा छोलिया डालें। उसके बाद 1 कटोरी पानी डालकर छोलिया गला लें।
6. चावल तथा पानी डालकर पुलाव तैयार करें। फिर परोसें।

न्यूट्री पुलाव

सामग्री:

न्यूट्री नगेट : 1 कटोरी
चावल : 2 कटोरी
प्याज : 1 (बड़ा)
टमाटर : 1 (बड़ा)
बारीक कटा
हरा धनिया : 1 बड़ा चम्मच
नमक : 1 छोटा चम्मच
धनिया पाउडर: 2 छोटे चम्मच
हल्दी : आधा छोटा चम्मच
लाल मिर्च : तीन चौथाई छोटा चम्मच
तेल : डेढ़ बड़ा चम्मच
गर्म मसाला (पिसा) : तीन चौथाई छोटा चम्मच
तेजपत्ते : 3-4

विधि:

1. कुकर में गर्म तेल में न्यूट्री नगेट को तलकर 1 कटोरी पानी में पूरी तरह से डुबोते जाएं।
2. चावल को भिगो दें।
3. शेष बचे तेल में बारीक चौकोर कटा प्याज गुलाबी करें। फिर सारे मसालों को तीन चौथाई कटोरी पानी में घोलकर पेस्ट तैयार करें।
4. भुने प्याज के साथ मसाला पेस्ट भूनें।
5. तैयार मसाले में पानी से भीगे नगेट डालें व मसाले के साथ लपेटें।
6. नगेट वाला पानी तथा और पानी (जितने में नगेट गल जाएं) डालें। फिर ढक्कन लगाकर नगेट गलने तक पकाएं। थोड़ी देर बाद तेजपत्ते डालें।
7. तैयार नगेट में चावल डालें। फिर रसा तथा पानी नापकर (दुगुना) डालें और पुलाव तैयार करें।
8. हरा धनिया मिलाएं। फिर दम करके उसे मनचाहे ढंग से मेवा या मलाई या क्रीम से सजाकर परोसें।

काबुली पुलाव

सामग्री:

काबुली चने	*: 1 कटोरी*
चावल	*: 2 कटोरी*
प्याज	*: 1*
लहसुन	*: 3-4 फलियां*
अदरक	*: आधा इंच का टुकड़ा*
आलू	*: 2*
नमक	*: डेढ़ छोटे चम्मच*
हल्दी	*: आधा छोटा चम्मच*
लाल मिर्च	*: आधा छोटा चम्मच*
गर्म मसाला	*: 1 छोटा चम्मच*
धनिया	*: 1 छोटा चम्मच*
हरी मिर्च	*: 3-4*
तेल	*: 1 बड़ा चम्मच*

विधि:

1. चने व चावल को साफ करें।
2. रात में चने को 5 कटोरी पानी में भिगो दें। उसमें आधा नमक डाल दें।
3. सवेरे चने को उबालें व चावल को धोकर पानी में भिगोएं।
4. आलू को लंबे बल में 4-4 टुकड़े काटकर गर्म तेल में भूरे होने तक तल लें।
5. बारीक चौकोर कटा प्याज बचे तेल में गुलाबी करें तथा पिसा अदरक और लहसुन भूनें।
6. भुने मिश्रण में मसाला डालें तथा आधी कटोरी चने का पानी डालकर मसाला भूनें।
7. तैयार मसाले में कटी हरी मिर्च, चने तथा पानी डालें व सीटी लगाकर चने तैयार करें।
8. कुकर खोलें तथा चावल डालकर पुलाव तैयार करें।
9. तले आलू डालें व गाजर, मूली तथा चुकंदर से सजा-कर काबुली पुलाव परोसें।

थ्री टायर पुलाव

सामग्री:

चुकंदर	*: 1*
उबला व पिसा पालक	*: डेढ़ कटोरी*
चावल	*: 3 कटोरी*
भुनी व कुटी मूंगफली	*: 2 बड़े चम्मच*
तले व कुटे मखाने	*: 2 बड़े चम्मच*
मलाई	*: 1 बड़ा चम्मच*
नमक	*: 1 छोटा चम्मच*
लाल मिर्च	*: आधा छोटा चम्मच*
गर्म मसाला	*: आधा छोटा चम्मच*
तेल	*: 1 बड़ा चम्मच*
हरा धनिया	*: एक चौथाई कटोरी*
जीरा	*: 1 छोटा चम्मच*

विधि:

1. चावल को साफ करके तीन भागों में बांट लें।
2. चुकंदर को कद्दूकस कर लें व 2 कटोरी पानी में उबालकर गला लें।
3. चुकंदर के लाल पानी में लाल रंग के चावल जीरे से छौंककर तैयार करें।
4. ऊपर की ही भांति जीरे द्वारा छौंककर पालक वाले हरे चावल तैयार करें।
5. तीसरे सफेद (सादे) चावल को जीरे व मलाई डालकर तैयार करें।
6. एक कांच की डिश में सबसे नीचे पालक वाले चावल, उसके ऊपर भुनी व कुटी मूंगफली, उसके ऊपर सफेद चावल तथा सबसे ऊपर लाल रंग का चावल परोसकर कुटे मखाने और हरा धनिया बुरकें, फिर सर्व करें।

लहसुनिया पुलाव

सामग्री:

लहसुन	*: 1 छोटी गांठ*
चावल	*: 2 कटोरी*
प्याज बारीक कटा	*: 1 (बड़ा)*
हरा धनिया	*: आधी कटोरी*
दही	*: आधी कटोरी*
नमक	*: 1 छोटा चम्मच*
काली मिर्च	*: आधा छोटा चम्मच*
हरी मिर्च	*: 3-4*
बादामों की गिरियां	*: 6-7*
मक्खन	*: 1 बड़ा चम्मच*

विधि:

1. लहसुन की 8-10 फलियां छीलकर बारीक पीस लें।
2. शेष (7-8) फलियों को गर्म मक्खन में गुलाबी तलकर अलग रख लें।
3. गर्म मक्खन में चौकोर छोटे बारीक कटे प्याज को गुलाबी करें व पिसा लहसुन डालकर भूनें।
4. दही व पिसा बादाम मिलाकर डालें और खूब पकाकर गाढ़ा-गाढ़ा तैयार करें।
5. नमक, काली मिर्च, हरी मिर्च के टुकड़े तथा तला लहसुन डालकर 5 मिनट तक उबालें।
6. भीगे चावल व पानी डालकर (दही-मसाले को नाप लें व शेष पानी डालें) लहसुनिया पुलाव तैयार करें। उस पर हरा धनिया बुरककर चटनी के साथ परोसें।

शबनम पुलाव (काजुई)

सामग्री:

काजू : 1 कटोरी
चावल : 2 कटोरी
दूध : 4 कटोरी
देसी घी : 1 बड़ा चम्मच
मलाई : 1 बड़ा चम्मच
छोटी इलायची : 2 (बड़ी)
खोया : 2 बड़े चम्मच
नमक : 1 छोटा चम्मच
काली मिर्च : आधा छोटा चम्मच
सजाने हेतु टमाटर, कतला, कटी हरी मिर्च तथा तला प्याज (ऐच्छिक)

विधि:

1. चावल साफ करके पानी में भिगो दें।
2. आधी कटोरी काजुओं को दूध में भिगो दें व मिक्सी में या सिल पर पीसकर काजू वाला दूध तैयार करें।
3. गर्म घी में मंद आंच पर शेष काजू तलकर अलग करें।
4. शेष घी में इलायची चटकाएं तथा मलाई भूनें।
5. जब मलाई घी छोड़ दे, तब उसमें चावल भूनें।
6. काजू वाला दूध, नमक व काली मिर्च डालकर मंद आंच पर पुलाव तैयार करें।
7. सजाने हेतु 4-5 काजू छोड़कर शेष तले काजुओं को छोटे टुकड़ों में तोड़ें और खोया डालकर पुलाव में मिलाएं। फिर सजाकर परोसें।

मशरूम हॉट राइस

सामग्री:

सफेद बड़े मशरूम	*: 250 ग्राम*
टमाटर	*: 2 (बड़े)*
प्याज	*: 2 (बड़े)*
तेल	*: डेढ़ बड़े चम्मच*
चीज (कद्दूकस किया हुआ)	*: आधा प्याला*
चावल	*: 2 क़टोरी*
काली मिर्च	*: चुटकीभर*
मक्खन	*: 1 बड़ा चम्मच*
नमक	*: डेढ़ छोटे चम्मच*

विधि:

1. गर्म तेल में मशरूम के छोटे-छोटे टुकड़े हलका-सा तल लें।
2. बचे तेल में कटे प्याज को गुलाबी तल लें।
3. कटे टमाटर में नमक व थोड़ी-सी काली मिर्च डालकर भूनें।
4. जब टमाटर का रस सूख जाए, तब तले मशरूम व चीज मिलाएं तथा ढक्कन लगाकर मंद आंच पर 5 मिनट तक पकाएं।
5. तीन चौथाई छोटा चम्मच नमक, चुटकीभर काली मिर्च व मक्खन मिलाकर चावल पकाएं।
6. ओवन की डिश में नीचे चावल, उसके ऊपर मशरूम व फिर चावल बिछाएं। 3-4 तले मशरूम सजाकर 10 मिनट तक बेक करें, फिर परोसें।

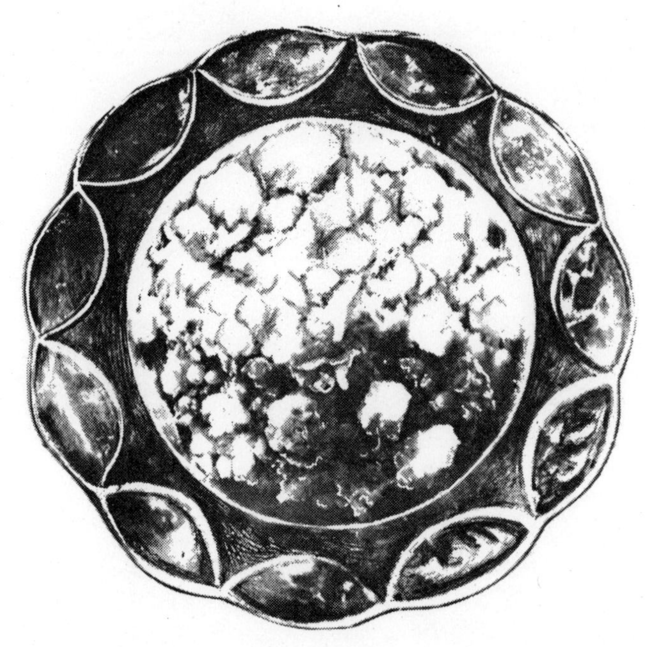

दलिया पुलाव

सामग्री:

गेहूं का दलिया	*: 1 कटोरी*
मूंग धुली दाल	*: 1 कटोरी*
शुद्ध घी	*: 1 बड़ा चम्मच*
जीरा	*: एक चौथाई छोटा चम्मच*
कटा हरा धनिया	*: 1 बड़ा चम्मच*
प्याज (ऐच्छिक)	*: 1 (बड़ा)*
हरा मटर	*: आधी कटोरी*
नमक	*: 1 छोटा चम्मच*
लाल मिर्च	*: आधा छोटा चम्मच*
हल्दी	*: एक चौथाई छोटा चम्मच*
टमाटर	*: 1 (छोटा)*
नीबू	*: 1*

विधि:

1. मूंग दाल धोकर भिगो दें।
2. टमाटर को बारीक टुकड़ों में काट लें।
3. पैन या कुकर में गर्म घी में जीरा डालें। यदि प्याज डालना हो, तो छोटे बारीक चौकोर टुकड़ों में काटकर घी में डालें व गुलाबी करें।
4. दलिया भूनें। पानी से निकालकर मूंग की दाल भी भूनें।
5. नमक, मिर्च व हल्दी डालकर चलाएं। फिर 1 कटोरी पानी व मटर डालकर ढकें और पकाएं।
6. खिले तैयार दलिये में टमाटर व हरा धनिया मिलाएं। फिर नीबू का रस डालकर खाएं व खिलाएं।

अरहर दाल पुलाव

सामग्री:

अरहर दाल	:	*1 कटोरी*
चावल	:	*1 कटोरी*
प्याज	:	*1*
टमाटर	:	*1*
शुद्ध घी	:	*1 बड़ा चम्मच*
नमक	:	*1 छोटा चम्मच*
लाल मिर्च	:	*आधा छोटा चम्मच*
हल्दी	:	*एक चौथाई छोटा चम्मच*
हरी मिर्च	:	*2-3*
हींग	:	*चुटकीभर*

विधि:

1. दाल व चावल को साफ करके पानी में भिगो दें।
2. कुकर में घी डालें व छोटे तथा चौकोर टुकड़ों में कटे प्याज गुलाबी होने तक तलें। हींग भी डालें।
3. हल्दी, मिर्च, नमक तथा आधी कटोरी पानी डालकर मसाला पका लें।
4. बारीक व छोटे टुकड़ों में टमाटर काटकर भूनें।
5. पानी निथारकर दाल व चावल भूनें तथा 3 कटोरी पानी व टुकड़ों में कटी हरी मिर्च डालकर पुलाव तैयार करें।

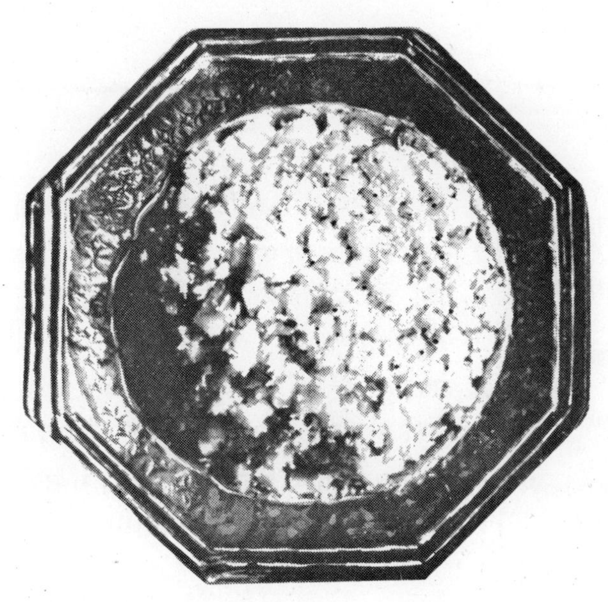

साबूदाना मूंगफली पुलाव

सामग्री:

साबूदाना	*: 2 कटोरी*
तली मूंगफली	*: 1 कटोरी*
हरी मिर्च	*: 2-3*
नमक	*: 1 छोटा चम्मच*
काली मिर्च	*: आधा छोटा चम्मच*
घी	*: 1 बड़ा चम्मच*
आलू	*: 1 (बड़ा)*
टमाटर	*: 1 (बड़ा)*
जीरा	*: एक चौथाई छोटा चम्मच*
नीबू	*: 1*

विधि:

1. साबूदाना धोकर नमक के साथ 3 कटोरी पानी में डालें तथा गलने तक उबालें।
2. छानकर पानी निकाल दें व साबूदाना थोड़ा फरहरा कर लें।
3. गर्म तेल में जीरा चटकाएं तथा छना हुआ साबूदाना, काली मिर्च व शेष बचा नमक डालकर अच्छी तरह से ऊपर-नीचे करें।
4. तली मूंगफली, आलू, हरी मिर्च, नीबू का रस व कटा टमाटर डालकर अच्छी तरह से मिलाएं और खाएं।

नोट: यह पुलाव उपवास में भी खाया जा सकता है।

मिक्स फ्राइड राइस

सामग्री:

बासमती चावल	*: 2 कटोरी*
बारीक कटी पत्तागोभी	*: आधी कटोरी*
बारीक कटी शिमला मिर्च	*: आधी कटोरी*
बारीक कटी गाजर	*: आधी कटोरी*
कटा हरा प्याज	*: एक चौथाई कटोरी*
तेल	*: डेढ़ बड़ा चम्मच*
नमक	*: एक चौथाई छोटा चम्मच*
काली मिर्च	*: तीन चौथाई छोटा चम्मच*

विधि:

1. चावल साफ करें और धोकर पानी में भिगो दें।
2. आधे घंटे तक भीगने के बाद 1 छोटा चम्मच नमक तथा तीन चौथाई छोटा चम्मच तेल डालकर चावल को थोड़ा सख्त ही उबाल लें।
3. शेष तेल गर्म करें। उसमें शिमला मिर्च, गाजर, पत्ता-गोभी तथा हरा प्याज हलका-हलका तल लें।
4. खुली कड़ाही में खिले हुए चावल व तली सब्जी डालकर मिलाएं व गर्मागर्म परोसें।

स्वीट कॉर्न पुलाव

सामग्री:

स्वीट कॉर्न	*: आधा टीन*
चावल	*: 2 कटोरी*
टमाटर का (कोई भी) सूप	*: 4 कटोरी*
उबला अंडा (ऐच्छिक)	*: 1*
नमक	*: 1 छोटा चम्मच*
काली मिर्च	*: तीन चौथाई छोटा चम्मच*
मक्खन	*: 1 बड़ा चम्मच*
प्याज	*: 1 (बड़ा)*

विधि:

1. प्याज को छोटे चौकोर टुकड़ों में काटें।
2. इसमें टमाटर का सूप, नमक व काली मिर्च डालकर उबालें।
3. उबलते सूप में स्वीट कॉर्न डालें व सूप के साथ उन्हें अच्छी तरह एकसार कर लें।
4. सूप में भीगे चावल तथा मक्खन डालें। यदि अंडा डालना हो, तो फेंटकर मिलाएं व चावल का पुलाव पकाएं। जब यह तैयार हो जाए, तो हरा धनिया बुरककर गर्मागर्म परोसें।

बेसनी कट्टा पुलाव

सामग्री:

बेसन	*: 2 कटोरी*
प्याज	*: 2 (बड़े)*
हरी मिर्च	*: 2*
नमक	*: डेढ़ छोटा चम्मच*
लाल मिर्च	*: तीन चौथाई छोटा चम्मच*
हल्दी	*: आधा छोटा चम्मच*
पिसा धनिया	*: डेढ़ छोटा चम्मच*
तेल	*: पर्याप्त मात्रा में*

विधि:

1. बेसन छानें। उसमें आधा छोटा चम्मच नमक तथा आधी मिर्च, चौकोर बारीक टुकड़ों में कटा प्याज तथा बारीक कटी हरी मिर्च मिलाएं। फिर पानी डालकर गूंध लें तथा रोल जैसा बना लें।
2. कुकर में जाली रखें तथा पानी डालकर उबालें। उबलते पानी में बेसन का रोल रखें व ढक्कन लगाकर भाप में पकाएं।
3. ठंडा करके गोल टुकड़ों में काटें तथा खुले गर्म तेल में टुकड़े तल लें। 1 बड़े चम्मच तेल में प्याज गुलाबी करके शेष सारा मसाला डालकर भूनें। भुने मसाले में गट्टे डालें व 5 कटोरी पानी डालकर 10 मिनट तक कुकर में पकाएं।
4. ढक्कन खोलें व भीगे चावल डालकर पुलाव पकाएं। जब वह तैयार हो जाए, तो हरा धनिया डालकर उसे परोसें।